唐案无名·鬼门寮

Yuan Ning

远宁

著

浙江文艺出版社
Zhejiang Literature & Art Publishing House

图书在版编目(CIP)数据

唐案无名·鬼门寮 / 远宁著. —杭州:浙江文艺出版社,2024.6(2024.10重印)
ISBN 978-7-5339-7581-4

Ⅰ.①唐… Ⅱ.①远… Ⅲ.①推理小说-中国-当代 Ⅳ.①I247.5

中国国家版本馆CIP数据核字(2024)第072335号

丛书统筹　许龙桃
图书策划　徐　全
责任编辑　徐　全
责任校对　牟杨茜
营销编辑　余欣雅
封面设计　储　平
责任印制　吴春娟

唐案无名·鬼门寮

远宁 著

出版发行　浙江文艺出版社
地　　址　杭州市环城北路177号
邮　　编　310003
电　　话　0571-85176953(总编办)
　　　　　0571-85152727(市场部)
制　　版　浙江新华图文制作有限公司
印　　刷　杭州杭新印务有限公司
开　　本　880毫米×1230毫米　1/32
字　　数　150千字
印　　张　8.25
插　　页　3
版　　次　2024年6月第1版
印　　次　2024年10月第2次印刷
书　　号　ISBN 978-7-5339-7581-4
定　　价　52.00元

序

水天一色

我与本书的作者远宁相交十六年了。

最初的结缘，是因为我是《推理》杂志的编辑，而她向我投稿。她投稿的第一篇小说，题为《大唐狄公案之黄犬鸣冤》。杂志刊载文章须配插图，杂志的画师便画了一只聪明、可靠、特别有精气神儿的拉布拉多。

远宁的创作之路就此开启，十几年来笔耕不辍，可谓文思泉涌，实是一位作品质量皆在水准线上的多产作家。她笔下拥有数名侦探，唐代的狄仁杰、谢瑶环，以及本书主角史无名，现代的红线，日本阴阳师安倍晴明，狐狸胡离以及不可胜数的独立篇目。以上有名姓者，皆由诸多长短篇故事构成系列，屡有付梓，创作数量足见一斑。

本书所属的系列叫作"唐案无名"，此前曾经出版过几部短篇集。主角史无名，取"青史无名"之意，很明显是个虚构人物。这确实比历史真人和前人创作的角色少了些根基和底蕴，但也多了不少自由度。故事发生的时间，理论上处于唐德宗李适至唐宪宗李纯统治时期，在本篇之前的大多数时候，这仅作为一个大时代背景存在。

史无名和他的助手、保镖、武力担当李忠卿是幼时好友，两人拥有奇诡成谜的身世，却在各自的家庭中幸福顺遂地长大。而后史无名求取了功名，成了平安县的县令。这"平安县"，同样是史书无载的架空地点。这个时期，不管是作为县官处理民众报案，还是作为未成年人解决孩童争端，两人经手的案件都显示出日常化的特征。

史无名，从鬼灵精成长为名侦探，自然天赋异禀。他小小年纪在科举高中状元，更是个文学天才；他的文人气质，经常表现为呆萌向的不食人间烟火；同时，作为爱好一切美好事物包括美食的有情人，他又很接地气……

李忠卿，从"小大人"成长为"棺材脸"。他家里经营镖局，他本人是一名物理伤害型助手，相当于包青天的展昭、狄仁杰的李元芳，主打一个沉稳可靠、严肃认真，与他家大人形成了鲜明的反差与严丝合缝的互补。史无名与李忠卿的相处充满了拿捏与反拿捏。以动物类比，这俩就像兔子和柴犬——老读者们戏称李忠卿为李忠犬。

按照众所周知的推理小说的一般规律，名侦探的存在不利于社会稳定。平安县虽只是一个小小县城，但也是庙小妖风大，池浅王八多。在这个"世界"中，天下案件共一石，其中八斗在平安。于是史县令与李县尉的业绩蒸蒸日上，声名日盛，终于在《曲水逆波》一案中，不可避免地升官了，右迁为大理寺正和大理寺司直，调往长安任职。他俩离开前，平安县民夹道欢送。

两人赴京上任去，从此接触的案件也更多地触及达官显贵。京城的常驻角色，有他们的损友兼上司大理寺少卿苏雪楼，以及金吾卫校尉宫南河。后面两位也是一对儿时玩伴，一智一力的组合与两位主角颇为相似。以动物类比，这俩就像狐狸和猎狐梗。

以上四人构成了"唐案无名"系列的基本班底。其实主角团中，还有一位女性侦探名叫尔雅，她是老捕快的女儿，主角的闺蜜，也是个深受读者喜爱、获评较高的人物，可惜在本书中没有出场。

所谓"长安居，大不易"，都城的房子从不便宜。史无名和李忠卿搬来这里，总是租房住也不是办法，一咬牙一跺脚，准备买房了。作者远宁便在微博发布求购信息："不知长安房价几何？"作为房地产行业从业者的我一看，这生意不就上门了？立刻回帖道："你稍等，我这就给你查来！"遍翻《太平广记》，找到一则唐代背景的笔记故事，其中提到一所位于崇贤里、价值二百千钱的小宅，当即将此房源公开发布，推理作家吉羽抚掌曰："这座小宅好便宜呀！"然而远宁还是嫌贵，她让史无名在《乔迁记》一案中如是说："前日里听说崇贤里有小宅出卖，要价二百两，二百两银，却只得小宅一座，啧啧！"还感叹："天子脚下，寸土寸金啊！"最后硬是做主让主角买了青龙坊的鬼屋，她为了压价和不给我中介费也是无所不用其极。

两位主角解决了事关自家房屋的案件后就搬了进去。一起住在这所房子里的，还有他们从老家带来的管事崔四，和此前领养的大白狗"雪衣娘"及其爱子——它收养的孤儿狼崽。领养狼狗母子的故事就叫《雪衣娘》。远宁特别喜欢写小动物，她家的侦探们总会路遇广见的、稀奇的各种动物，主角们一拍脑袋就会捡回家养起来。远宁算是笔下动物角色最多的推理作者。她每每写到毛茸茸的事物，那些东西皆自带软萌、妙趣横生，堪称她本人的文字巅峰。我时常觉得，如果她不写推理，改写儿童文学或是童话故事，也定是一把好手。可惜，本书取材略显沉重，宠物们只是出场露个脸儿，没有更多发挥的空间。

史无名和李忠卿自诞生以来，一路侦破数十个案件，终于走到了长篇《鬼门寮》。本文给人的总体感受就是"加量不加价"，过于密集频发的事件令人喘不过气，整个案件就像一个被猫玩了四个小时的毛线球，满地都是碎屑，到处都是线头，中间一团乱麻，而球本身还在蠕蠕。侦探只好这边拽一把，那边扯一下，最后拆出一只猫来——罪魁祸首现世。

当然，阅读本文略有些门槛。其中的生僻处及彩蛋，我试为大家讲来——

文中提到一道观，名"朝云观"。这是作者在致敬高罗佩《大唐狄公案》的故事《朝云观》。

文中的帝王谱系，大约是这样：唐代宗李豫，有长子唐德宗李适，次子昭靖太子李邈。唐德宗李适，有长子唐顺宗李诵，次子昭靖太子李邈的儿子——为唐顺宗所收养，名叫李谊（即本文中的"舒王"）。唐顺宗李诵（即本文中的"先帝"），有长子唐宪宗李纯（即本文中的"今上"）。这些皇权金字塔顶尖人士的恩怨纠葛，大家自去文中看。

出产阿末香亦即龙涎香的拨拔力国，在《新唐书·西域下》有相关载："海中有拨拔力种，无所附属。不生五谷，食肉，刺牛血和乳饮之。俗无衣服，以羊皮自蔽。妇人明晰而丽。多象牙及阿末香，波斯贾人欲往市，必数千人纳氍毹剺血誓，乃交易。兵多牙角，而有弓、矢、铠、矟，士至二十万，数为大食所破略。"

熏香需要搭配香囊使用，即本文中所说的金属制薰香球，李忠卿曾送给史无名一个作为生辰贺礼——虽然昂贵，但肯定比不上皇家所用的精致。这件事在现实中是这样：2019年，我逛淘宝时看到一款仿唐制的薰香球，心血来潮买给远宁做礼物。她收到后甚是惊喜，拍照发了朋友圈。她的学生们比她更兴奋，一个个回帖来问："这是唐朝的古物吗？"当然，现在这种物件仅剩观赏价值，而不再具有使用环境。可这难不倒我："如果你觉得它放着浪费，可以将其当调料球塞上花椒大料扔锅里炖肉。"但这最终被远宁拒绝了……

2015年时，远宁、我，还有我的前同事、她的前编辑小骆妹妹，我们仨组团去了一趟西安。在高铁上，无所事事的我发现左边座位上的远宁竖持手机，左右拇指上下急速弹跳。我还以为她在玩什么紧张刺激、特别考验操作的游戏，便凑过去看热闹，不料屏幕上是文档界面，上面显示着"史无名"，她竟然在写这个系列的文章！这些有趣的文字，可能有一部分是这样写出来的！远宁如此勤奋，如此不挑环境，令我肃然起敬。

到了地方，我们逛博物馆，访名胜古迹，将文物和悬挂在旁的解说牌一一拍下，作为资料留存。我和远宁到处指点江山："我家侦探的案子，就是在那边办的！""我家无名的房子，就是买在这儿的！"小骆妹妹一边听我俩科普，一边盼着我俩穿越。

等旅游结束，我们各回各家。突然有一天，远宁发来一张照片，正是本书中犯罪网络的重要资料。那张照片焦点全无，完全糊了，上面的解说文字晕成了一摊摊略显形状的黑色图案。她说："这上头写的是啥？你帮我认认？"我的心情是："凑合认吧，还能咋的？"最后还真给认了出来，获得了远宁"亲爱的，你真靠谱！"的五星好评。

几日前，她邀我为本书作序，我便在想，我能写什么——

其一，我要写给首次接触本系列的新读者看。因为这部小说不是系列首作，而是经过了此前那么多的铺垫。十几年一路追文过来的人阅读起来自是无碍，而第一次接触这个系列的读者，难免产生"这人是谁？这人又是谁？"的疑惑，需要人来讲解一番。其二，我要写给那些爱较真、喜欢琢磨的读者看。因为我就是这样的读者，我是一边查着资料一边看下来的。我把我查到的、捋顺的资料分享给读者，省得大家重复劳动了。当然，作为远宁隔三岔五的唐代史料技术支持，免不了提一提远宁史无名式的呆萌。不过，也许这其一、其二都是白搭，毕竟，我读书一向是直接把序言跳过去的。最重要的是其三，我要写给出版这本书的编辑看。这个系列到底有多少内容，远宁到底有多少作品，我是很希望推介给他知道的，但我总不好无缘无故拉着人家聊上几个小时。但我把这些写在序言里，他就不能不编校了。日后本书若销量尚好，那些前置的故事或可整理、结集、再版，亦是一桩美事。

最后，祝没有跳过序言的读者诸君开卷有益。

目录

〇一

屋外阴霾至极，难见日光，还有冷飕飕的风四下刮来，天上阴沉沉的，但是就是不见有雨落下来。

李忠卿端着茶进入书房的时候，史无名正在沉思，膝盖上放了一张长安的地图。今日休沐闲在家中，史无名甚至没有束发，就那么懒洋洋地靠在那里对着地图发呆，整个人透着一股漫不经心的气息。开始的时候李忠卿倒是能沉得住气，左右他自己也是个闷脾气，一天不声不响倒也都能自得其乐，而且史无名从小到大发呆的时候多了，自己不都是这么陪着吗。不过到了后来李忠卿也是忍不住了，因为他送来的茶早就凉得透透的了，而且眼看着也要到午饭的时候了，史无名却还是没有要动的意思。于是李忠卿便将冷了的茶水泼到一边，提起茶壶，在打算重新出去烧水之前，站到史无名面前，开口问道："你在想些什么？"

史无名这才回过神来，他朝李忠卿笑笑，接过他手中的茶壶，掀开盖子，清淡的茶香便扑鼻而来，茶是好茶，应是前日苏雪楼送来的，可惜已经凉了。那日苏雪楼送来的还有一只圆滚滚的石敢当，史无名当初买这宅子的时候这宅子的名声不太好——毕竟传说闹过鬼，所以他便寻了块泰山石做了个石敢当，本来史无名并不在乎这些，只是见那石敢当颇为可爱，便乐颠颠地将其留了下来，并且就放在院子里。

苏雪楼当时就想说将石敢当放在院子里似乎不大对，可是看李忠卿和崔四什么也没说，他就不再说什么了——谁叫人家是主人呢。

"无他，只是想起大概在三个月前，有人盗窃了一家当铺——就是开在我们青龙坊前街的那个阮记当铺。"

"这件事我倒是听说了，不过什么时候你连盗窃这种小案子也要管了？大理寺的事情还不够多吗？"李忠卿有些不满地说。

"倒不是我要管的案子，只是觉得有趣，这事情还是崔四闲聊的时候和我说起的，到了长安这么久，他也有几个朋友，那个当铺的老板是他的朋友也是棋友——都下得不怎么样的那种。"说到这个话题，史无名笑了起来，连李忠卿也提起了嘴角。

"当时并没有丢失什么太重要的东西——重要的东西老板都收藏在自己家里，当铺里放的只有一些不值钱的东西，不会造成什么麻烦，所以掌柜的也并没有在意。"

"但是为什么现在又在意了呢？"李忠卿不解地问。

"因为他后来发现了一件很奇怪的事情。实际上，在这三个月内，还有其余两家接连被盗，而且遭受的情况都是大同小异——丢的都是不值钱的东西，只不过他们的失窃案里有一样奇妙的共同点，那就是都丢失了一个石敢当，而且都是放在院子里的！"

"咦？"这回李忠卿也觉得事情有趣了起来，忍不住望了一眼院子中那圆滚滚的小东西，"那个贼偷这石敢当做什么？"

"谁知道呢？"

"正常来说，石敢当不是应该放置在族宅院外或街衢巷口吗，为什么这几家会放在院子里？"李忠卿觉得这话问得没底气极了，因为自己家院子里就有一个呢！

"石敢当是避邪之物，如果建地曾为秽地，就可以用石敢当来镇压，以抑秽避凶。可能这几家的宅子所建的地方原来是街道，冲着鬼门，而且是凶位，所以就在院子里放上了石敢当。据说这几个石敢当颇有来头，它们有一个相同之处，那就是传说昔年李淳风给加过持的，可保鬼神不侵，家宅平安。如果只是一家丢倒是无所谓，但是这几家都是如此，可就有些门道了！"史无名的脸上露出一丝逗趣的表情，"也许这些东西在卖主和店主看来不值钱，但是对于盗窃者来说，却是珍贵无比，至于原因，目前还没办法知道。"

"你也有不知道的事？"李忠卿笑问。

"当然了，我又不能未卜先知！"史无名也摇头笑道，"也许作案者只是李淳风的一个崇拜者，非常想要得到一两件这位大师留下的东西罢了！"

"师猛虎，石敢当，所不侵，龙未央。"李忠卿不由自主地轻声哼唱起来，这是小时候他和史无名曾经背诵过的东西，两个人还曾经把它用童谣的语调唱过。只不过，长大之后难得听李忠卿开金口唱歌，这一下子便让史无名瞪圆了眼睛，情不自禁地望了望窗外，外面还是乌云笼罩，不见日头从西面冒出来。

"你竟然还记得？"

"当然，这是我们两个人小时候背过的东西——西汉史游的《急就章》。"李忠卿点点头，表示自己从未忘记小时候学过的东西。史无名看着他，一副颇感欣慰的样子，这让李忠卿莫名觉得拳头很痒，于是史无名急忙转移话题。

"你刚刚进来之前，我在看长安的地图，你看丢失石敢当的几家，分别在不同的几个方向，这也许是某个奇特的定位，大概是和风水有关。"史无名在地图上比画了一下。

"什么定位？"

"我若是知道还能和你坐在此处吗？"史无名摇头笑道，

"风水这些事情，我还真是不太懂，与其在这里枯坐猜测，倒不如明日让崔四到巷口将那做阴阳先生的张老爷子寻来，那老爷子的肚子里很有些东西！"

〇二

第二日，天依旧不落雨，浓云密布，带着点不痛快的意思。

张老爷子五十多岁，须发皆白，慈眉善目，在青龙坊也算是名人，谁家有个婚丧嫁娶还是动土出行的时候都会请他看一看，史无名虽然当官，但是却没有架子，平时也会找他下个棋什么的。所以这老爷子很喜欢史无名，平时也乐意与他做个忘年交，崔四去寻他时，老爷子恰巧无事，又在家中闲得发慌，立刻就跟着崔四来了。

"嘿，丢石敢当这件事小老儿也知道啊！"张老爷子在灌下一碗茶后兴致盎然地说，"前街家的那当铺老板还让我再去请了一个石敢当安放回去了呢！而且我还看了一下，这几个丢石敢当人家的位置也挺有意思。"

〇二

"怎么说？"

"长安是龙居之地，我们的皇城就在龙首原之上。有人说啊，秦时有条黑龙从南山来到渭河饮水，它经过的地方形成了一条土山，形状如龙，如今的龙首原就是由这条龙所变。所以真龙天子独占龙首原，把皇宫都修建在了那里。这长安城的地势啊，就数皇城那里最高了，也有人说，整个长安就建在这条龙的身上。"

"那又如何？"

"依我来看，这四个丢失的石敢当，似乎是在四个龙爪的位置。"张老爷子神秘兮兮地说。

史无名就觉得这事情更玄妙了，而李忠卿一脸完全不相信的表情。

"从风水上说，小老儿看这几家所在的位置，都是在鬼门，都是阴气极重之地，龙爪锋锐，自然是能镇住鬼门这等阴邪之地，而这石敢当便是保平安、驱妖邪之物。寻常家宅，有一个便可，所以屋主把石敢当放在了院子里。而这个人把四方镇守的石敢当都盗走了，莫非是想让百鬼夜行……"

李忠卿默默地撇了撇嘴，想来史无名是把这老爷子叫来闲扯，所以也不必要求太多。试想，在入夜坊门紧闭后，坊内坊外的街道上游荡的都是各式各样的鬼怪，这不是一个什么好的画面，也是极难想象的事情，更别说这盂兰盆节再有几日就要到了。

"要么就是想要对付极为阴邪的东西，要么……"张老爷子摸着胡须说，似乎突然想到了什么，欲言又止。

"老爷子想到了什么？"

"这个人……不会是想进入鬼门寮吧?!"张老爷子压低声音回答。

"鬼门寮？这是什么东西?!"史无名惊问，他的眼睛变得很大，如同好奇的猫儿一般。

张老爷子捋了捋自己的胡子，露出一派世外高人的做派："不要以为进入夜色的长安因为有了宵禁就是平静无事的，有很多事情是你不知道的！鬼门寮就是其中的一个传说。"

"寮者，屋也，这鬼门寮是一处宅邸吗？"

"是的。正是一座宅邸。听闻这宅邸需要盖在极阴之地，比如说昔年的乱葬岗，而居住在这里的人家一般都人丁凋敝，家人大多死于非命，最后这座宅子就荒废下来，成为鬼域之地，最终变成了鬼门寮。进入这样的地方，须有个有法力的东西护身避鬼，石敢当倒是不错的选择，否则随便开了鬼门寮，没有石敢当镇着，鬼怪都跑出来了怎么办？"

"老爷子你可是越说越玄妙了！"史无名显得兴趣盎然，

〇二

但是显然……更不相信了。

史无名的态度显然让老爷子十分不悦——他老人家可是在正正经经地讲事情啊，这年轻人怎么能把这些当热闹听！

"人说如果能寻到鬼门寮，从门中进去，就能进入真正的鬼市，能得到世间难得的珍奇——或是宝物或是古董或是美人，或者能看到已经故去亲人的亡灵，如果能把他们从鬼门寮带出来，那么他们就会重新返回尘世。"

"这更是故弄玄虚，这怎么可能？"史无名不禁失笑出声。

"可是真的有人相信这个啊！而且还真的有人去过！"

看到老爷子有些急了，史无名也收起了嬉笑的表情。

"老爷子，你是说真的有人相信通过鬼门寮能得到异世之物，还能将自己的亲人带回？"

李忠卿虽然没有说话，但是能够看出他也对这个问题非常感兴趣。

"那是自然，因为我就知道有一个人是这样的！他带回了自己的妻子。"张老爷子笃定地说。

史无名的眼睛都瞪圆了："老爷子快给说说！快给说说！"

李忠卿也不声不响地坐在了史无名旁边，崔四给屋子里的人端来了花生、瓜子和水梨，然后站在史无名身后，也一本正经地盯着张老爷子看，那架势就像在茶楼听书一样。

眼见自己这么受重视，张老爷子也兴奋了起来。

"大概在一年前有个叫张忠的人，这人好像住在西市附近，他的妻子得了重病，不久便去世了，这人与妻子情深爱笃，骤然失去了妻子，伤心得几乎都要疯了。恰好那天是盂兰盆节，有高人告诉他鬼门寮的故事，并指点了方法，这个人就通过鬼门寮，进了真正的鬼市。他说鬼市有鲛人在卖东海鲛人的珍珠，有人头兽身的妖怪在卖西山的玉璧，四处鬼影重重，不辨天日，后来他在阴阳路上见到了自己妻子的鬼魂，就把她带了回来，通过鬼门寮的那一刻，妻子的鬼魂就消失不见了，而他跑回家就发现妻子已经苏醒。而他的妻子便向别人说明，自己的丈夫是怎样把她从阴间的道路上救回来的，他们描绘的情景阴森而可怕，让人听之心中怅然，这件事曾经风靡一时，因此很多人也要去找鬼门寮，想要见到真正的鬼市，可惜，没人成功过。不过传说其中一处是在独柳树附近，我觉得二位大人不应该不知道独柳树是什么地方吧！"

"自然知道，那里是刑场！大理寺不知道在那里处斩过多少人，自古以来，杀人之地都是离魂无数，说那里是不祥之所倒是必然。所以说此处会有鬼门寮倒也可能。"史无名点点头。

李忠卿望了史无名一眼，只见这人满眼的兴致盎然，不由得叹了口气。

"那么能否找到这张忠？"

"嘿，这事情倒是玄妙了，虽然小老儿不是好事的，但是有好事的人哪！还真有人去找这个张忠，可是却如同大海捞针一般，这天下叫张忠的人不知道有多少，哪里能那么容易找到。"

"哦，倒是说这事情查无可循了？"

"打听这样的事情要有门道啊！"张老爷子叹了口气，"神有神路，鬼有鬼道，这神神鬼鬼的事情，其实还是我们这样的人去打听更容易些。看大人这意思，倒是想要仔细探清这事情的源头在哪里？"

"倒也不是。"史无名笑着摇摇头，"不过好奇而已，只是闲来觉得有趣罢了，本就是有一搭没一搭的事情，老爷子若是有闲就帮着打听打听，若是无空也无须费心，如今快要到盂兰盆节了，想必老爷子也忙起来了。"

"唉，是啊。"老爷子捻捻胡须，笑眯眯地说，"也是小老儿多赚点儿酒钱的时候了！"

转日，史无名和李忠卿一大早去大理寺的途中遇到了点儿事情。

清明渠边上有一具老者的尸体，两个金吾卫的兵丁正在那里看守，史无名和李忠卿一打量那两个人，发现他俩是以前跟在宫南河手下的人。

此时天色尚早，坊门也刚刚开了不久，两人因为所住的青龙坊去往大理寺的路途颇远，一般都是早早出门，趁着街上人少的时候快马加鞭，这才恰巧遇到。天色虽然早，但周围还是零零散散围了几个看热闹的人。

"这人的尸体是在水边被发现的。"金吾卫的兵士说，"今日我们巡街到清明渠附近，看到他漂在水面上，随即把他拖了上来，现在等着官府来人，我们觉得这人可能是失足落水而死。"

"不是失足落水。"史无名下去看了看后摇摇头，"这人的尸体肉色带黄不白，口、眼开，肚皮不胀，口、眼、耳、鼻无水沥流出，嘴边没有口沫，指甲的罅缝间并无沙泥，两手不蜷缩，两脚底不皱白却虚胀。这都说明他是死后才被抛入水内，至于真正致死的原因——"他指了指死者后脑上一个绽开的伤口，"我觉得像是因为后脑上的重击，而这伤口里并没有河底的泥沙，所以也排除了是活着入水撞击河底的石头致死的原因。"

"既然此人是被杀的，那么他的身份是什么？"李忠卿皱着眉头看尸体，把史无名扒拉到一边去，这尸身湿淋淋的，透着寒气，天气也近了秋日，过了凉气受了病怎么办？

"应该是个道士。"史无名看那死者束发，布衣麻鞋，根据他身上的服饰推测道。

"若是道士，也许问问这周遭的道观，或者问问像是张老爷子那个行当里的人，大概能知道他的身份，不过这案子怕是归不到大理寺。"李忠卿轻声提醒了史无名一句，史无名一听，也是哂然一笑道：

"也是，老是以为自己还身在平安县呢！"

两人离开这里来到大理寺，恰巧遇上苏雪楼急匆匆地往外走，见了史无名，一把拉住他就往外走。

"等等，苏兄，你这是拉着我要到哪里去？"史无名被他拉得手忙脚乱，好容易才稳住自己，又看苏雪楼面色不愉，便小心问了一句。

"礼部侍郎谢明德派人来报案，说他们家的长子谢云亭两天前失踪了。"苏雪楼也是在气头上，嘴里像爆豆子一样噼里啪啦抱怨个不停，"也是有趣，他自己的儿子失踪了，却让大理寺帮着来找人，这大理寺桩桩件件的案子，哪个不急着去办，这阵子长安城内人口的失踪案还没有头绪呢，那可都是些大姑娘、小媳妇，还有小孩子，也是娘生父母养的人，都着急找呢，可现在还要去帮忙找他家的富贵公子！"

"什么？"史无名也觉得谢侍郎这事情办得不妥，找人可以用自家的仆人家丁，也可以报到下面的府衙，怎么直接就找到了大理寺？也不知道是以权压人还是动用的人情关系，"谢侍郎的儿子在哪里失踪了？"

"前晚竟然自己偷偷离开了家，就再也没有回来。这位公子也不是去好地方，而是去了独柳树那里，跟着他的是一个书童，结果回来的只剩那个书童，他身边伺候的几个人先被谢家打了个半死。一个丫头好像当时就不行了，好歹那个跟着谢云亭的书童没被打死，也不过只留着一口气，人现在送到大理寺，都是昏迷未醒，谢云亭的事情只有他们清楚，如今刘仵作盯着呢，怎么也要保着这几个人一条命，至于咱们，只能先去现场看看了。"

"独柳树，大晚上的这谢家公子去刑场做什么？"史无名被苏雪楼这一大串话里的信息弄得头昏脑涨。

"据谢家人从书童嘴里问出来的，说谢云亭是去寻鬼门寮。"

史无名顿时一怔，竟然能在这里听到鬼门寮的名字。

"鬼门寮？这谢云亭好好的富家公子，寻那个做什么？"

"谢家这位公子，是人人皆知的痴儿。"骑到马上出发之后，苏雪楼叹了口气，"原来不痴的时候，在国子监中进学，并不是那种会仗势欺人的皇亲国戚，这点倒是和他的那个爹不像——谢家在圣上面前算得上红人，因为谢云亭的姐姐是宫中的昭仪，颇为受宠，仅仅为此，谢侍郎的鼻子就能仰上天了。谢云亭平时只好琴棋书画这类风雅之事，人品学问算得上都是好的，就是于一个'情'字上过不去，也在这件事上栽了跟头。"

"莫非他变痴就是为此？"

"是啊，人道是才子佳人，世间佳话，只是可惜那些都是话本里的情节，现实中哪有那么美好的事情。这位谢公子恋上的是个平康坊的歌伎，烟花女子倒也罢了，若是偷偷抬回家做个姜室也不会闹出轩然大波，偏偏他非要明媒正娶，结果闹得家宅不宁。谢家自觉是高门贵族，也算是皇亲国戚，怎么可能让一个烟花女子进门？莫说是正妻，就是姜也配不上，结果一段时间内事情闹得特别大，那烟花女子听说被他家逼着教坊发卖到别处——谁知这女子也是性烈，在途中便投水死了，连尸体也没找到。说句不该说的话，瞧这谢家的行事作风，谁知道是不是他们下手给弄死的?!

"结果这谢云亭因为这个打击就变得痴痴傻傻，人说是气迷了心，他家中人去找人卜卦，说这谢云亭是中了那女子用命设下的桃花瘴，邪气入体，魂魄不定，家里人各种求神拜佛，最后还是遇到一个医术颇为高明的郎中，几服猛药下去，这谢云亭才慢慢回了魂，将养了半年才有了精神。"

"关于这鬼门寮的传闻，我也略有耳闻，这谢云亭不会是想要进入鬼市，寻回他那心上的女子吧!"史无名问道。

"保不准啊!"苏雪楼叹了口气，"谢云亭是个情痴，尤其他还真的痴了，谢家就更是宠着他，虽然偶尔闹出些常人看着可笑的事情来，只是以谢家的实力和对他的回护，也不怕他做出些什么出格的事情，只可惜常言道：人如落花，命随偶然，这是终于闹出些事情了。"

"这谢家最开始是怎么发达起来的? 是凭女而贵还是谢大人一点点靠自己的政绩做上去的?"史无名有些好奇地问。

苏雪楼嗤笑了一声。

"谢家那位昭仪娘娘，十分知情识趣，在宫中不争不抢，大家对她的感觉都很好，陛下也对她赞誉有加，说她贤良淑德。"

"听起来就是个聪明人，宫中本就是是非之地，能让大

○三

家都觉得好的女人怎么可能是简单的人物?"

"是啊!听说她非常富有才情,于是便有人奉承她说,谢昭仪的才情堪比前朝的上官婉儿,但是她却十分不快,说女子无才便是德,如昔年的上官昭容一样卷入皇家是非,绝非女子应有的德行,陛下便因此非常赞赏她。"

"从这一点便能得知,这女子绝不易与。"史无名点点头,"上官昭容当年被玄宗皇帝所杀,就是因为玄宗皇帝认为她参与了韦后一党,因此就算她把与太平公主所拟遗诏拿出来,以证明自己是和李唐宗室站在一起的,但是玄宗皇帝还是杀了她,后来虽然恢复了她的封号,但是我们也能知道,帝王心中对这个女人其实是不喜欢的,他认为太聪明的女子就如同昔年的女皇一样,野心勃勃。后来的皇室,虽然没有明说,其实都忌讳女子过于强势和聪明,大多没有立后。这女子能看透这一点,还能用这一点投帝王所好,怎能说不富有心机?"

"宫中若有蠢女人,怕是早已死了几个来回。"苏雪楼倒是不以为意,"说了这么多,也不过题外之话。这次找人这种差事落到大理寺头上,大概这位娘娘也在陛下耳边吹了风,至于这位谢大人……除了借女儿的威势摆威风讨人情,他这个人本身……"他皱了皱眉,轻轻哼了一声,样子颇为不喜,"我更不喜欢。"

"为何?"史无名心中颇为讶异,苏雪楼这人虽然在自己面前有些真性情,但是在官场上颇为圆滑周到,见人三分笑,是非腹中藏,能让他下如此判断的人不多见。

"这位礼部侍郎谢明德谢大人,在我看来不过是个善于钻营的小人罢了,他能有今天这个位置,除了他女儿的原因,不过是因为先帝在时的一宗公案罢了,当时他检举了自己的老师,美其名曰大义灭亲,但是实际上在我看来是栽赃陷害,而他的老师名字叫张云方。"

"张云方?我记得他卷入的好像是谋逆案啊!"史无名眯起眼睛回忆了一下。

"是啊,张家一家子人都在独柳树那边被砍了脑袋。张云方是我父亲的友人,曾任国子监祭酒,年少之时我还曾见过他,他是个学问极高又方正古板的人,说他参与了谋反真是不可想象的事情。而张云方有个极为漂亮端庄的女儿,谢明德年轻的时候曾经向张家求亲,但是张云方并不喜欢他,就没有同意将女儿嫁给他,两人应该是在这件事上就结了怨。后来谢明德检举张元方参与谋逆,谋逆是诛九族的罪过,先帝那时候疑心病极重,竟然没有详加查证,仅凭几封书信就定了张家的罪,所以张家人……应该在那时候都死绝了。"

"书信这东西是可以伪造的,而且这谢大人还是张云方的弟子，接触到他的笔墨定然容易，所以这还真的有些疑问在里面。"史无名思忖了一下说。

"当年的事情被提到总是让人讳莫如深，就算先帝犯了错，今上也会为他掩盖，也会为谢明德掩盖，毕竟谢明德当年站到了他那边，否则如今上面的皇帝可就是……"他说到此处便不再说下去。

史无名心想，皇室中的嫡位之争，无论在什么时候都是用鲜血铺就的。

〇四

独柳树处在长安城的皇城西南角的丁字路口上，凡是在这里被斩的犯人均属要犯，此处恰恰有一棵不知经历了多少年月的大柳树，树荫浓郁茂密，而这地方看起来就透着不祥——古来刑场之地，大多便是如此。

在独柳树刑场的西面，市景渐渐荒凉，道路两旁白杨萧萧，再往深处走，有一个荒废的大宅，从外面看去墙坏倾颓，草木荒凉，里面的屋宅阴森森的一片，了无生气，偶尔门前路过一个行人，也会急匆匆地走过，生怕在这宅子前多做停留，沾染了什么晦气，距离门口不远处，有很多供品香烛，看起来是附近的人对这里的祭祀，而此处的里甲一脸菜色地等在这里，看起来也是对这个宅子多有忌惮。

几人走了进去，院子里鸦雀惊飞，狐鼠穿行，看着就让人觉得分外不祥。大宅的主体是三进的房屋，屋子的重檐歇山顶上都长出了一尺多高的野草，后面还有花园，占地不小，主宅的门歪歪扭扭地敞开着，一扇门就要从合页上脱落下来，似乎谁都可以随意地"登堂入室"。

但是事实上，连乞丐都不会进来。

"据说此处原来是前朝某个达官贵人的宅邸，能离皇城这么近，也不是谁都能置下房产的，但是后来不知怎么就卷入了谋反案，说起这谋反案……"里甲吐了吐舌头，"基本都是抄家灭族的事情，家里的主人下人一起遭了殃，如果说主人有错掉脑袋是应该的，可是这里大部分的人都是无辜的，所以说这里怨气冲天，一直在闹鬼。"

"闹鬼？"史无名微微挑眉，"你见过？"

"我的大人啊，我要是见过还能好好地在这里？"那里甲擦了擦头上的汗，"听说这里的鬼可凶了，连乞丐都不敢住在这里。就是因为原来有乞丐栖身在这里被鬼拖到水里活活淹死了呢！"

"还有这样的事情？"史无名和苏雪楼讶异地对视了一下。

"有人说这里只能让人进，不能让人出，所以也就没有人敢到这里来了，所以诸位大人要找的那位公子，进去了怕是……怕是已经凶多吉少。"那里甲结结巴巴地说。

苏雪楼没有理那位里甲，而是转头跟史无名说话。

"谢家的人已经带人进去找了一圈，可惜一无所获！"

"谢家的人进去了，只怕留下来的痕迹都被弄没了，只是一个大活人总不能凭空不翼而飞！"史无名也有些忧虑，而他身边的李忠卿突然一拉他，指了指院中的一堆乱石——那里原来好像是一座假山，后来坍塌成了一堆乱石，史无名一打眼并没有看出什么，仔细看才发现那堆碎石里藏着一个石敢当，此时它正隐匿在乱石堆中，如若不是李忠卿注意到，谁也不会发现它。

史无名蹲下身子把它拿了起来，在他看来，这个石敢当做得有几分可爱，胖墩墩如同一只竹熊，上面雕刻了几个字：泰山石敢当。

"这石敢当不是这里的，你看它身上糊的土，土色发黑，而这里的土却是黄色的。"李忠卿把那石敢当捧到史无名面前，"而且这泥土上一股腥味，倒像是河道里的淤泥。"

史无名闻了闻，果然如此，两个人交换了一下眼神，随后李忠卿去寻了个布袋子把那石敢当装了起来，史无名随着苏雪楼进了那大宅。

"谢家的人说，谢云亭让书童在门外等候，他自己进去的，书童哪里肯让，可是谢云亭破天荒地对他疾言厉色，让他定要留在门外，不得入内，那孩子又怕又冷地在外面等到天亮也不见有人出来。

"那孩子说，谢云亭是带了一袋子的东西进去的——而且是他自己准备的，这人痴了，做事情也有一股痴劲儿，很多事情真的是瞒得死死的。他痴的时间久了，谢家渐渐对他不上心了，谢大人就把心思又放在了培养别的孩子身上，对他自然就有些疏忽了，上行下效，下人也就对谢云亭疏忽怠慢起来，所以他才能经常偷溜成功。所以那书童也不知道里面到底是什么，猜测是金银或是买来的法器一类的东西，因为最近他一直念叨着那死去女子的名字，对了，那女子的名字叫'秋月'，听起来不像是本名。"

"谢家这些家仆有可恨之处，但是身为主人也并不是没有错处。"史无名有些不高兴地说，"怎能将人活活打成那个样子！"

苏雪楼望着史无名叹了口气，史无名在这个方面始终是个异类，大户人家哪有将这些仆役的生死性命放在心上的？可是谢家做事也是张狂，直接用身份压着大理寺帮忙找人，这谢公子也不是懵懂小儿，一个年轻小伙子，就算头脑有些不灵光，吃亏又能吃亏到哪里去，无非被人骗了钱财或是欺辱，可是谢家这做派，知道的说他们紧张儿子，不知道的大概以为他儿子遭遇什么不测了呢！说句不好听的话，这大理寺进出的全是凶案，里面涉及的被害者和犯人几乎都不是有好下场的，这谢家人也不怕犯忌讳！

虽然肚子里满是牢骚，但是苏雪楼也是官场上摸爬滚打过的人精，自然没说出来，也只能在这里腹诽而已。

〇五

进入正宅，堂中早已空无一物，地上东倒西歪地散落着一些破旧的家具和杂物，不太明朗的日光透过窗子，晕出一片昏黄的暗影，纵然是白日里，四下依然晦暗不明，而且寂静得几乎可以听到周围人的心跳声，在隐蔽的角落里甚至时不时地有些模糊的黑影一闪而过。这样的环境下，周围人的神色都不由得变得有些沉重起来。

"莫慌，是蝙蝠。"李忠卿说。

蝙蝠倒也不算可怕的东西，但是在这座空宅里看到却给人增添了某些不安。再往里走，二堂里却是大有不同，非常明显，焚烧过什么东西，而且周围布置了些金光闪闪的法器，一个丝绸做的旗子倒在一旁的地上，上面写着"秋月"二字，地上用朱砂画着一个不知是法阵还是什么的东西——这些东西史无名一行人也看不出什么含义，只是多了几分玄妙之感。

"烧的像是纸钱，好像还有诗稿一样的东西。"李忠卿拨了拨火堆，火堆并没有全部燃烧干净，还有些只言片语留下来。

"以是因缘，经百千劫，常在生死……"李忠卿读出了他看到的那张纸上剩余的字。

"汝爱我心，我怜汝色，以是因缘，经百千劫，常在缠缚。"史无名接着把已经被火焚尽的句子接了下去，"《楞严经》。"

"这是谢云亭的手书。"苏雪楼看了之后说，"今日谢家带来谢云亭的往来书信和文稿，想让我们看看其中有没有什么线索，我恰好看完了。"

"这人确实是个痴情人。"史无名轻声说，心中似有所感，"世人都知相思苦，却偏还要入那相思门……"

"求而不得，舍而不能。这真是最让人进退两难的事情，

〇五

唉!"苏雪楼也跟着叹了一句。

李忠卿觉得这两个文人又开始发风花雪月的痴,便在一旁煞风景地咳嗽了两声提醒他们快干正事。

"这些法器法阵什么的一会儿找个懂的人看看,我们是不是应该往后面看看?"

"呃,对!"史无名点点头,便跟着李忠卿和兵士们往后宅走去。

出了二堂,便是后宅,中间隔着一个面积不大的场院和一道门,这个小场院里现在也是荒草丛生,原来在这个小场院通向后宅的门之间立了一块影壁,但是如今已经坍塌了,现在那里则立着一块黑黢黢的石碑。

上面刻着这么几个字。

鬼门寮,十人去,九不还。

看着这石碑和上面的字,每个人心头都有些发冷,有的兵士甚至忍不住后退了一步,神情惶然。

"不过是些装神弄鬼的东西,你们是堂堂七尺男儿,害怕这些东西?!还真的觉得这里是三途忘川、森罗鬼殿不成,故弄玄虚,可笑!"李忠卿难得多话,把手下带的那帮人呵斥了一番。他那一身的煞气倒是把手下的人镇住了,个个跟着他朝前走去,没有人再敢露出怯懦的表情。

后宅的屋子都已经破败不堪,并无可看之处,所以他们的搜索也并不困难，因为先前来搜索的谢家人已经给他们在杂草中蹚出了一条道路，唯一有些意思的就是与后宅比邻的花园，这个花园极大，设有石亭石栏、石桌石凳，供赏花赏月，修葺无一不费尽心思，看那些老旧却依然精致的花纹就能知道当年的胜状。然而多年雨打风吹与无人管理，使得这里凋零破败，到处都是枯枝腐叶，野草野花倒是长得热闹，把原来的植被全都覆盖了，只有那一池子的水并不死气沉沉，甚至非常清澈，还能看到游鱼在其中游弋。

"流水不腐，园子虽已荒废多年，这池子倒是生机勃勃。"

"应该是清明渠中的水吧！清明渠不就是从旁边流过吗？"苏雪楼看了一下方向说，"不过，若是我没看错，那水中的好像是锦鲤？"

水中花团锦簇而过的竟然正是两条锦鲤，那颜色亮丽得似乎给这鬼气森森的后院增添了一缕色彩。

"哎呀，真是好品相，也就在太液池看到过这么好的品相，谁能想到在这里竟然能有……"

看苏雪楼那样子好像想去捞一样，史无名知道他喜欢这些花鸟鱼虫，大概是觉得这几条鱼品相不错，然后见猎心喜，可是这是什么地方啊！

往身后一看，李忠卿站在后面脸都黑了，跟着的兵士都

〇五

025

是一脸窘然。

他一拽苏雪楼，苏雪楼立刻把心神收了回来："这个宅子在当年定然是非常不错，只是可惜了，如此荒废至今，还成了这种滋生鬼蜮之所。只不过左右不过一个荒宅，怎么可能把一个大活人吞了进去。"

最后这里的地方都搜过了，这园子有后门，也有坍塌的围墙，哪里大概都够一个人从里面离开了，而这四周又没有人家居住，附近的百姓又躲避着这里，所以找不出那位谢公子到底去了哪里的一点点线索。

"难道说，他真的从这鬼门寮去了鬼市，然后再也没回来？"苏雪楼慢悠悠地说了一句。

"啧，怎么可能!"李忠卿愤愤然地说。

〇六

忙了一天，晚上回家的时候，史无名吃过晚饭，就看着崔四乐颠颠地捧着一个东西进来。

"少爷，给小的掌掌眼，看这是不是好东西?"

"你买了什么？看样子不是寻常之物啊！"史无名故意逗趣地说。

"的确不是寻常之物！"崔四喜洋洋地回答，"家里老爷子要过寿了，我寻思着找些东西让人捎回去给他贺寿呢！"

"咦，崔叔要过寿了？"史无名吃了一惊，顿时觉得有些歉意，崔四的父亲是他们家的老管家，现在年纪大了不再管事，把史家的家事交给崔四的大哥打理，自己整天种种菜、养养鸟，过得很是自在。想想自己和李忠卿儿时，还被这位老管家抱着到处走哩，然后自己到了京城，一转眼就把老人家的寿辰忘记了，实在有些不应该。

他和李忠卿对了个眼神，显然李忠卿也不记得了。随后两个人都觉得有些羞愧，暗自下决心这两日赶紧去寻个用心一点的寿礼送回去。

史无名一面这么想，一面接过了崔四手中的物件，然后仔细地打量了起来，而随后他的表情就严肃起来。

"崔四，你这东西是从哪里得来的？"

崔四被他的表情吓了一跳，忙认认真真地回答："这个是从务本坊的鬼市上得来的，本想着是我家老爷子的整寿，须得花些心思，可是太贵重的也囊中羞涩，后来听说在鬼市上能淘到好东西，所以我就跑去了。前后去了几次，终于摸到点门道，昨天恰巧遇到这寿星公，觉得再合适不过，价格

○六

又便宜，便下了手。"

那是一尊雕刻精细的寿星公，玉石的材质非常不错，看上去颇为温润，而底座是木雕，竟然是极为贵重的紫檀。

"你花了多少银子？"

崔四伸出手比了一个数字。

史无名惊异地看了崔四一眼。

"这么便宜，怎么可能？"

"少爷您不知道，这东西刚入手的时候脏兮兮的，玉石上面是一层漆皮，隐约能看出玉石的底子，而且底座上都是烂泥，小人一阵子擦洗才弄出原样呢！"

"这倒是有可能，鬼市上多是来源不明的东西，有很多是赃物，贼人为了出手，趁着夜色不明进行买卖，倒是有可能捡到大便宜的。"李忠卿说。

"只是别的倒也罢了，这东西倒是极为扎手，绝对不能给老爷子！"史无名压低声音说，他把玉佛底部的一个标识给李忠卿看了一看，"因为这是宫内之物，还有内廷印记，这东西品相极高，断然不应该出现在坊间，更不应该出现在你的手里！"

崔四一听也是吓了一大跳，眼见得脸色都白了。

"宫中的东西如果被偷了，无论是有贼人偷还是太监宫女私卖都不是小事情，若这是御赐给哪家的，内府也定有记载，丢失的人、偷窃的人、买卖的人，若是被查出都有罪过。"

"既然这尊寿星公不是寻常凡品，恐怕是偷窃者对它进行了伪装，但是明知道它的价值为什么会卖这么低的价格，要么就是真的急需用钱，要么……"李忠卿摸了摸下巴，"就是卖主并不知道这是个宝贝，他也是从哪里无意中得到的。"

"忠卿言之有理。"

"李少爷说的是，这卖主鬼鬼祟祟的，用斗篷罩住脸面……"

"这也不奇怪，鬼市上的人都是这般，毕竟都是见不得光的东西，怕是很难找出那卖主了！"

"这倒是未必。"

"咦？你认识那卖主？"

"倒也不是，只是如果想找到他却也不难，因为这人身上有一股特别的味道——那是一种腥臭的味道，像是鱼虾的腥气和淤泥的味道，还夹带着一点点香烛的味道，身上的衣物也很破烂，我在鬼市转悠的那几次，也碰到过这人两三次，所以觉得他应该是个常客。"

"如此甚好。"史无名低头思考了一下，随后和崔四说道："此事也许还要麻烦崔四哥往鬼市那里跑几次，将此人找出来，不过暂且不要声张，若是贸然报给了上面，怕是会惹上麻烦。"

"这是自然，要么我和他去，或者从我家镖局里找人跟着他去。"李忠卿说。

"如此最好。"史无名点点头，随后忍不住喃喃自语起来，"鱼虾和淤泥的腥臭气味，还有香烛的味道，这人怕是生活在水边，如果不是因为中元节祭祀染上的香烛味道，那么就是栖身之处多有香烛，寺庙？"

"你放心，老爷子的寿礼肯定会妥妥当当的，我和你家少爷绝对不会亏了你和老爷子！但是这东西……"李忠卿看史无名已经陷入自己的世界，觉得莫名心累，便只能自行安抚崔四。

崔四急忙点头。

"但凭少爷处置。不过，李少爷，我听鬼市里的人议论说，长安城内好像还有一处鬼市，卖的都是世间难得一见的珍奇，您说那里也会卖这种御用的东西吗？"

"另外一个鬼市？"李忠卿讶然地问。

"就是张老爷子说过的通过鬼门寮去的鬼市啊！"

"咦？还真有？"

史无名和李忠卿面面相觑。

〇七

第二日，史无名和李忠卿自然还是跟着苏雪楼去替谢家寻人，只不过偌大京师，想要寻找一个人谈何容易，而且苏雪楼看起来也是心不甘情不愿的。中午的时候一行人遇到了宫南河，几个人便上了茶楼喝茶，宫南河就顺便说了那日水中发现的尸体的事情。

"仵作说，他是被人闷死的。识得此人的百姓，说那个老道的名字叫云真道人，平日主要工作也就是卖卖灵符、给人做个法什么的，说不得是不是个骗子，当然这种事情也是愿者上钩。就算他胡言乱语，骗了主顾，挨打倒是有的，总是不至于被人弄死！而且这人神神鬼鬼的，整日里神出鬼没，大家也不知道他在做些什么。"

"这云真道人的道观在哪里？"史无名问。

"他原来在延寿坊处的一家小道观——名叫朝云观的挂单，来的时候称自己来自武当山，不过完全不可靠，大概是吹牛。"宫南河喝了口茶说，他眼睛亮闪闪的，带着少年的

〇

七

031

锐气。

听他这么说，史无名扑哧一声笑了出来。

"小道观里现在就剩两个小道童，原来有个老道士，结果几年前羽化登仙后，这来挂单的云真道人就把道观鹊巢鸠占了。我们在他的床下发现了一包金银还有几样东西，只不过那金银的分量可不是一个老道平时卖灵符做个法事能挣来的，虽然大户人家打赏不少，但是也绝对不可能有那么多。"

"所以你觉得那些金银的来源不明。"史无名沉吟。

"是的。而且其中还有些女人用的首饰和随身衣物，这就让人觉得有点不对，这云真道人并不是可以成家的香火道人，当然存在某个妇人求他做什么法事用首饰作为报酬的可能，可是哪里有把随身衣物给人的道理？怕是涉及某些后宅隐私，只是他年纪已经那么大了……"

"这可不好说，这些巫婆神汉的倒是大多能出入内宅，谁知道会有什么事情发生呢？而且这种事情和年纪大不大也没关系。"史无名撇了撇嘴，"不过这里还有一个问题，如果他是被杀后弃尸，那么抛尸的地点又在哪里呢？"

"清明渠流过这么多地方，谁知道他的尸体是在哪里被抛下的！"宫南河摇摇头。

"发现他尸体的地方倒是和清明渠与漕渠交汇的地方很近！"史无名轻声嘟囔了一句，"也许是从漕渠下来的也不一定。"

"这个以后再说，刚刚不是说还有几样东西吗？那些东西才是真正要命的！"宫南河低声说，"我家上峰让我转交给大理寺的东西，我可以先给你们瞧瞧其中一样，其他的东西到大理寺再看——在这种鱼龙混杂的地方，还是不要惹人注意了。"

那是一只非常精致的银质熏香球，东西不大，可以放在手中把玩，也可以佩戴在身上。

苏雪楼把它放在手中细看，脸色阴沉沉的。

"看着可不像是寻常玩意儿！就算我平时不在意这些东西，也知道这是个好东西！"李忠卿低声对史无名说，这种熏香球他曾经在史无名生辰的时候去买过一个送给他，品级做工当然不如他们发现的这个，但是也让他花费不少，所以他知道这东西肯定价格昂贵。

熏香球里还有余香，而那香显然也有些名堂。

"这香——虽然只残留了淡淡的香气，但是我能确定这是阿末香（龙涎香）。"史无名嗅了嗅后得出了结论，他压低声音对其余人说，"阿末香珍贵非常，是与西南海中的国家拨拔力国交易而来，一般都是当作贡品上呈宫中，市井当中极其少见，我怕这东西是宫中之物！只是不知道这东西是怎么到他手里的！"

几个人对视了一眼，都知道事情绝对不简单，史无名和李忠卿心中更是纠结，怎能这么频繁地发现御用之物呢！

这时候，茶楼下正走过一个人，史无名见了微微一笑。

"既然要查这个云真道人，也许我们现在就遇到了一个可能知道他底细的人！"

〇八

"嘿，那老牛鼻子竟然死了?!"被史无名喊上楼来的张老爷子露出了非常意外的神色，不过那声"老牛鼻子"却让一桌子的人都有些无语——好歹你们也算得上半个同行，"这家伙肚子里虽然有点东西，但实际上还是个骗子！从前和他相争，彼此相见总是要互相讽刺几句，闹得眼红脸白的，到了如今倒是看得开了，不过都是为了谋生而已。"说到这里，张老爷子倒是有点唏嘘。

"是啊！无论怎样也到不了要人性命的地步！"史无名也跟着叹息了一声。

"不过，他认识的那些人可不好说！"张老爷子摆了摆手，"虽然做我们这行的遇到的人三教九流无所不包，但是他结识的人可都是小老儿敬而远之的。"

"他接触的都是什么样的人？"

"不好说，有漂亮的姑娘、阴阳怪气的老男人、外族的商客、乞丐的团头、游民的首领、达官贵人，虽然我们平常也能接触到这些人，但是他接触的那些人……怎么说呢，看着都带点儿邪气！"

人和人的接触，有时候都是凭借一种感觉，或者说是某种气场，史无名并不觉得张老爷子会有这种感觉有什么奇怪。

"老爷子能打听到他最近接了什么生意吗？"

"我尽量帮你们打听。"张老爷子点点头。

"那么老爷子知道这是一个什么阵法或是什么法事吗？"史无名把在独柳树大宅里看到的那个场面描述给张老爷子听，并将衙役描绘下来的法阵图给他看了一看，然后还给他描绘了一下现场那些金光闪闪的法器。

"如果没有看错，这是在招魂。"张老爷子皱着眉头说。

"招魂？"

"是的，这是招魂的法阵，而这些法器也是用来招魂的器物，你说的那个用丝绸做成的旗子是招魂幡，招魂幡上要写上死者的姓名，而招魂的时候要呼喊死者的姓名，所招之魂便可以按着姓名，投之于尸体之上，但是如果遇到没有尸体的情况，亲属就要到水边捞物招魂，捞到的任何东西，都算死者的魂，回去就将这样东西和死者的衣物一起，放入棺木中入葬。"

"招魂……"史无名喃喃地重复了一句，然后说道，"老爷子，这法事是在鬼门寮中做的，现场还有这石敢当，你说，对方是不是想如那传说一般进入鬼市，带回亡者的灵魂？"

"这是在鬼门寮发现的？"

"是的，如今这人已经失踪，而为他做法事的人也并不知道是谁，老爷子如果有门路也顺便帮我们打听一下吧！"

"这个自然可以。"张老爷子点头，"我也想知道这鬼门寮到底是真是假哩！"

"所以找到这个人至关重要，因为我也想从鬼门寮进入鬼市。"

史无名这话一说出来，所有人都愣住了。

"你想进入鬼市？"苏雪楼皱了皱眉，"贤弟，鬼市你不是之前去过吗？就在务本坊的西门。"

"不，是从鬼门寮去的鬼市，那个传说中到处是奇珍异宝，能带回人灵魂的鬼市。"

"那只是个传说。"李忠卿皱起了眉头，显然不太同意史无名的想法，在场的每个人都觉得他的身上升起了谜一样的杀气。

"这个……"张老爷子显得有些惶恐，拼命地想打消史无名的念头，"大人莫非是听了小老儿一番话才有这个想法的？小老儿知道的可以从鬼门寮进入鬼市的说法也是听别人说的，并不能作准。"

"既然有传言流传出来，并且配上了故事，那么一定是有因果的。"史无名固执地说，"而且现在也有人在鬼门寮里失踪了，费用并不是问题，我很愿意拿出这笔钱。"

张老爷子领了任务，急急忙忙地走了。但是李忠卿显然有些生气，表现得十分不想和史无名说话，所以转身便走。

苏雪楼和宫南河看到此情景，也决定不触霉头，赶紧各奔东西。

"我和宫贤弟去查查这熏香球的事情，你呢？"

史无名看着李忠卿的背影叹了口气，说道："我要回青龙坊的当铺查查有关石敢当的事情，如果偷走它们的是谢云亭，他不是专业的贼，肯定会留下破绽，兴许有人便会记住他。"

〇九

　　"要确认这是不是我家丢失的石敢当，倒是有个辨识的
方法。"当铺老板笑眯眯地对史无名说，"因为我们几家的石
敢当，在后背都有个小图案，大人没发现是因为这个石敢当
的后背被泥土糊住了。"他用手剥去了附在石敢当上的泥土，
露出了一个图案，然后下了结论，"这并非我家的石敢当，
这石敢当似乎是西市朱家的。"

　　"咦，为什么?"史无名身边带的随从问道。

　　"左青龙右白虎，南朱雀北玄武。这上面的是个白虎图
案，当属西方，所以应该属于那西市朱家。朱家买卖做得
大，主要是做丝绸生意的，还经营各种杂货，比如说国外的
香料珠宝，他家中有专门的船只从运河走，把苏杭一带的丝
绸运过来卖给那些来长安的外国商客。大人只要到西市一打
听，就知道朱家在哪儿了。"

　　史无名听了连连点头。

　　"这么说，你家的石敢当后面是只朱雀?"

"是啊，是只朱雀。大人可能奇怪我们这青龙坊其实算不得京师的正南，为何会是朱雀。其实小人是后来迁到这里的，小人原来住在保宁坊，那石敢当原来是旧宅子的，小人走的时候就一起把它带走了。"这掌柜的显然非常健谈，"至于小人为什么知道是西市朱家的，不过是因为小人和他家有生意往来，听到他家掌柜的提了一嘴才知道，小人天天摆弄一些古董玩意儿，知道自己家的这个年代久远，而且上面是朱雀图案，自然而然地就想到这一套的石敢当应该是四个，所以就去打听了一下，别说，真就是四个！一个在东市的一家商铺，可惜也丢了，只有那个属于玄武的不知道下落，按照这方位来看，那个石敢当怕是在宫中，估计那个没人敢偷！"

　　保宁坊，的确在长安城的最南方。看来这几个石敢当都位于属于它们自己的方位，可是这又有什么意义在呢？他觉得这事情非常有趣，便让掌柜的把东市那家商铺的名字告诉了自己，随后他向掌柜的提起了谢云亭。

　　"至于大人描述的这位公子，小人倒是想起来了一个人。"当铺的掌柜经过史无名的提醒，倒是想起来了不少事情，"这当铺里来来往往的人不少，不过来典当的人都是急需用钱的人，实际上还是平民百姓较多，富贵人家进来这里极少，这类的主顾我们很少见，因此便记得清楚。"

"那是个富家公子，无论是身上的衣物，还是随身的配饰都不是凡品，这样的人真是太少来我们这里了，他到我们这里倒是没说要当什么东西，只是四处打量。他看起来有些愣愣的，我们的伙计问了他几次，他才说想瞧瞧我们这里有没有处理的死当的东西。"

　　史无名点头，这个形容看起来说的就是谢云亭。

　　"当铺每年都会处理一些死当的东西，其中不乏好东西，有很多喜欢收藏的人都愿意来这里碰碰运气。如果想要看这些东西就要进入内院，所以我们把这公子请了进来，可是依照小人看来，这公子并不是藏家，因为他在东寻西顾，而且神情怎么说呢……"掌柜在头的位置比了个手势，斟酌了一下用词，"好像有些不太清醒。"

　　"然后呢?"

　　"最后他只是胡乱地买走了一个观音像，而那观音像不过寻常之物，他甚至都没有讨价还价。而关于这位公子，小人觉得他身份定然不普通，因为在下看到他身上佩戴的那块羊脂玉佩，上面是个蟠龙图样。"

　　那掌柜也是个巧手，随手在纸上就勾勒出一个图样递给了史无名。

　　"您瞧，这等图样可不是寻常百姓家能够用上的。不过这样的人，说是专门跑到这里图谋小人的这个石敢当，却是觉得更难以让人相信，而且也没见到人家拿着我的石敢当跑啊！"掌柜一脸的不相信，还随口玩笑道，"若是我家像朱老板家有个那么漂亮的女儿，这年轻公子借个缘由跑来也不奇怪，若说是为了偷一个石敢当，就算这东西是有些年头，还有大师加持过，本质还是块圆石头啊，这当铺里很多东西都比我丢的那几件东西值钱，这简直是匪夷所思，说出去谁都不相信啊！"

史无名也跟着笑了几声，觉得再无可问之处，便让随从拿起了那石敢当，离开了这家当铺。

"毫无疑问，谢云亭应该就是那个偷石敢当的人，只是他为什么要这么做啊！"史无名不禁低声对自己说道，"而且那鬼门寮里只发现了这一个，其余的那三个呢？如那掌柜的所说，有一个保不准在宫中，那么那个石敢当又在哪里呢？也丢失了吗？"

"大人，我们接下来去哪里？"随从的话打断了史无名的思索。

"既然说到了西市的朱家，那我们就去那里看看吧！"

一〇

朱老板这个人生得十分气派，躯骨魁伟，英姿飒爽，虽然一副汉人打扮，但是从他的面相上看，能看得出他带有非常明显的胡人血统。

"在下朱青云，家父是汉人，家母是粟特人。"他非常爽朗地说，似乎能看出史无名面上一闪而过的疑惑，立刻就给出了解释。

粟特人擅长经商。应该说，在西市，粟特人的生意占了极大部分。

这位朱老板的店面非常大，甚至史无名所看到的这一条街上的店铺几乎都是他的，而且在各地都有他家的分店，所以说他腰缠万贯并不夸张，也确确实实是一方人物。

对着史无名，他有着商人见到官员的尊敬，但是却又不谄媚，自有自己的一番气派在那里，并不比那些官家子弟差。

看到那个石敢当，他微微愣了一下，似乎有点困惑，伸手便想要接过那石敢当，"大人，您这是……"

"不，朱老板，如今案子还没有完结，这是物证，暂时还不能还给你。"史无名微笑着回绝了朱老板，"这次来，我只是来确认它到底是不是属于你的店铺，还有我想弄清楚它是怎么丢失的。"

"这个应该是我们家的，我看到后面的神兽图案了。"朱老板点点头说，"至于它是怎么丢失的，事实上，如果不是大人您把送它回来，我都不知道它已经丢了。而且，这样的一个小东西，丢了也就丢了，怎么值得让您跑上一趟！"

这话很完美地让史无名无法继续提问了，不过朱老板显然非常善解人意，他给史无名喊来了他手下的一个掌柜。

"这东西是在他店面外的，大人有什么问题问他即可。"

这个掌柜是个纯正的粟特人，穿着一身夹着绿花的白衣，戴着尖顶虚帽，剪发齐项，留着一把大胡子，一双眼睛透着谄媚和精明，看起来就是那种八面玲珑的人，长安官话说得很溜。

"哦哦哦，这东西——叫石敢当的，原来就在我们店的院子里，这东西似乎很早就在那里了，我并不知道确切有多久！"那掌柜立刻就带着史无名到他负责的店铺去看。

那是一家丝绸铺子，史无名一看名字，果然是多年的老店，因为这店名是他经常听别人提起的。

那石敢当原来是在店面到后面的院子里，实际上那个院子连接的二进屋子是给贵客看更高级的面料准备的。

院子不大，布置得倒是很雅致，树木花草高低掩映，颇具匠心。

"你认得青龙坊阮记当铺的掌柜吗？"史无名问了一句。

"哦，当然，当然，我们是老朋友啦！"那粟特人哈哈笑着回答，"他家的这东西也丢了！"

"你是什么时候发现它丢的？"

"实际上，它被花草掩映着，我根本没有发现，还是我们家小姐有一次来问了一句才发现。"

"你家小姐？"史无名想起当铺掌柜说起朱老板有个漂亮的女儿，不由得问了一句。

"嘿嘿，我家的小姐，很漂亮也很聪明。"他说着就笑了起来，不知道为什么，史无名总觉得这个粟特人的笑里有些别的味道在里面，那神情倒不像是尊敬，但是又不像是对女子的那种倾慕，倒带些猥琐之意。

史无名一直觉得粟特人颇为狡猾，毕竟他们大多是商人，为追求金钱不择手段是他们的常态，所以看他这个神情微微有些反感。

"这么说，你也不知道它是什么时候丢失的。"史无名问了下一个问题，"那么你记得这样一个人吗？"

他把谢云亭的外貌特征形容了一下。

"有的有的。"那掌柜连连点头，"上个月他来过这店面几次，带着仆役，我还带他看过绸缎呢！"

"你这里客流量这么大，你能记住每个人？"

"每个人都记得不太可能，但是那些贵人都要记住啊，将来未必不是条财路呢！尤其这个公子带着仆从，虽然他自己不太说话，但是周身的气派在那里啊，而且他身上还带有明显是皇家制式的玉佩，小人哪里会记不住？而且，他看着我家小姐发痴，差点被赶出去，我们都知道啊！"

也就是说谢云亭真的到过这里。

"看着你家小姐发痴是什么意思？"

"啊哈。"眼前的粟特人又露出那种难以言说的笑容，"那位公子虽然外表看起来和寻常人无异，但是只要交谈几句就会发现他有些问题，他常常魂游天外，顾左右而言他，那天我家小姐恰巧来店里，和他撞见了，他就直愣愣地盯着我家小姐，还想跟着她走呢！最后被我们给请出去了，他后面又来了几次，不知道是为了我家小姐还是绸缎，我们都给打发出去了。"

史无名也不由得在心中画了一个问号。

从朱家的商铺出来，史无名打算回大理寺，路旁香喷喷的胡饼刚刚出炉，惹动了史无名腹内的馋虫，他便随着人流

一〇

过去买了几个胡饼留作晚饭。西市上此时正是热闹的时候，道路两边是鳞次栉比的商家店铺，街道上车马辚辚，人流如织，史无名意外地发现其实这里离独柳树也不算很远，于是便下意识地朝那个方向走去。

路途中，他看到了去担水的几个人。他感到些许讶异，因为离那几个人的不远处便有一口水井，这些人却绕过了它往别的地方走去。

他忍不住发问。

"这里本有水井，你们为何要到别处去挑水？"

"大人不知，那口井的井水吃不得。"一个担水的青年急忙回答。

"为何吃不得？"

"大人不知道，那井名字叫困龙井，前朝一场地动后井里面的水就开始浑浊。说来也奇怪，这水竟然不能沉淀干净，无法饮用，因此这个井就慢慢荒废了。传说下面困着一只没有化成龙的恶蟒，是昔年地动的元凶，被袁天罡用锁链困在此处，它终日翻滚，所以水才浑浊不清。"

听得此言，史无名不禁微微一笑。这世上很多的事情似乎都是李淳风和袁天罡这些老神仙们搞出来的，至于是不是真的和他们有关，那就只有天知道了。

"这可真不是玩笑话，经常有人听到这里面有声响，还有铁链哗啦哗啦的声音，人家说，这井里的水是取不干的，如果随便从这里取水，惊动了恶蟒，这里的水就会淹没整个长安城。"

史无名对这个说法不置可否。他走到那口井旁边，井上盖着一块石板，石板并不厚重，但是这里的老百姓却没有人敢去打开它，因而并不能看到井里有什么，但是却能听到里面有微弱的流水声。

史无名不禁面露诧异，这里是一口井，但是却能隐约听到流水的声音，这显然不对，而因为那个所谓的传说竟然没有人去怀疑这一点。

如果这口井里的井水是活的，那么恐怕是前朝的地动改变了水道的走向，所以水才开始浑浊，但是无论如何，也不应该长久不清澈啊！

随后史无名把思绪拉了回来并嘲笑了自己一下，真是什么都操心啊！还嫌手头的事情不多吗？

只是这个时候他突然闻到了从井里发出的一丝异样的气味。

那味道他并不陌生，他办理公案的时候，曾经多次闻到过那气味。

那是刚刚开始腐烂的尸体的气味。

一
〇

一口井兀自存在于空地中央，它的周围是肆意生长的荒草，荒草们在夜色中互相纠结，互相攀爬，宛如互相勾结的指爪，月光恓恓惶惶地洒在那些长长短短的茎叶上，在地上投射出各种形态纠结诡异的影子。井里断断续续地可以听到有水的流动声，还有莫名的声响，当人走到它的跟前想要探头到井里看个究竟时，却突然从黑黢黢的井中伸出了一只苍白的手……

史无名猛然从床榻上坐了起来，他茫然四顾，原来刚刚那个可怕的场景只是一个梦。

"这也算是日有所思，夜有所梦了！"

史无名哂笑了一下，这时候才发觉自己的里衣汗津津的，不由得起了身点亮了烛火，随后推开了窗子。外面不见月光，只有微风，也算聊胜于无。

"死者是谢云亭，虽然尸体泡得有些发胀，但是形容还能辨认清楚，我怀疑他是在失踪的那天就已经死了。"白日里说这话的时候，苏雪楼不胜唏嘘，谢云亭是和他年纪相仿的年轻人，在长安城中也算是有名的公子，谁知道就这么不声不响地死在了一口水井当中，而且身上还背负着无数的谜团。

"死因呢？"

"溺水。仵作并没有从他身上检查出曾经受过暴力刑罚的痕迹，胃里残留的食物中也没有发现毒物、迷药一类的东西，初步怀疑他很可能是直接被人推下井后溺死的。但是有两点最为可疑，也是最为无解的。其一是那水井的井盖并没有被移动过的痕迹，这点相信史贤弟你也发现了。"

史无名点了点头，他当然发现了，那块充作井盖的大石板下面的灰尘原封不动。但是这样问题就来了，尸体是怎么到水井里去的？

"其二就是谢云亭脸上的表情。那表情并不是惊恐，而是一种快乐，是的，他带着笑容，一个溺死的人带着笑容，这显然不符合常理。"

"是啊，正常人落水后必然会呼叫挣扎，那是本能的反应，并没有办法作伪。"史无名也记得那张肿胀的脸上诡异的微笑。

"所以，他为什么会笑？"史无名记得自己白天也一直在纠结这个问题，"会不会是因为某种药物？尸体捞上来的时候我曾经初步检验过，他面部的肌肉十分僵硬，并不寻常。"

"可惜刘仵作并没有验出来，但是也不能确定不是药物所致，因为我们知道的毒药种类毕竟有限，也不是每一种都可以被验出来。更重要的是，我们也不敢深验，因为谢家不允许。"

史无名叹了口气，谢家的专横跋扈实在令人头疼，让林大人和苏雪楼也心烦不已。

"但是西市的此处与他失踪的那处庄园也有一定的距离，他是怎样神不知鬼不觉地被人带到这里并弄到井里的呢？白天西市里人来人往，自然是不可能，可是入夜宵禁之后，做这件事就更不可能。此处不似那鬼门寮，远近无人，所有人都小心避让，大可以避过巡城兵马的耳目。困龙井周边店铺林立，虽然入夜后店铺打烊，但是很多店主和他们的伙计就居住在这里，而且也经常有巡夜的人经过。而谢云亭身上没有发现伤痕或淤青，他不可能是被打晕后丢入水中，也不可能是自己失足落入井里，否则井上的石板又是谁给盖上的？而他的胃里没有发现毒物，那么说明他也不是被迷晕后带到这里。可是如果一个清醒的人被人丢到水里，为什么不挣扎呼救？"苏雪楼眉头深锁，"这全都是需要搞清楚的问题。"

史无名深以为然，随后又想起一事。

"对了，刚刚我去调查的时候，当铺掌柜说有个年轻人身上佩戴着一枚蟠龙玉佩，我需要问问那几个仆役这是不是谢云亭的。"

史无名把画好的玉佩样式图递给了苏雪楼。

苏雪楼看了一眼，挑了挑眉："不必麻烦，这是谢云亭的。"

"咦，你如何知道？"

"不是说这谢云亭因为打击变得痴痴傻傻，气迷了心，他家中人去找人卜卦，说这谢云亭是中了那女子用命设下的桃花瘴，邪气入体，魂魄不定，必须要寻到满怀正气的东西压一压，所以他姐姐就把这皇家之物送他，让他借帝王家的龙气驱邪护体。当初他病愈之后我曾经见过他几次，他身上都佩戴着此物。但是在他尸体上并没有发现这个玉佩，毕竟这是好东西，识货的人肯定会把它拿走。"

"不能抽光井水看看井下有没有吗？"

"那口井的井水抽不干，让人潜入水底也过于冒险，轻易不会如此做。"苏雪楼摇摇头。

"咦？"

"那是困龙井——人都说下面是有龙的，或者说有还未化龙的恶蟒。曾经有好事的人想要弄光那井里的水，几个大汉接连不断地从井中往外担水，但是这么做了三天三夜水都没有干，水很快就恢复到原来的高度，而且下面还传来了声

十一

响。也曾经有好事之人潜入水底，发现下面竟然深不可测，竟然还遇到了漩涡，那人差点命丧井底，大家说那是被困的未化龙的恶蟒在发怒，所以就再也没人敢去那口井了。"

"你真的相信那下面有龙或者恶蟒？"

"这世上总有些我们无法解释的东西，比如说那口井，又比如说那个鬼门寮，又或者说为什么会莫名出现在那口井中的谢云亭。"

苏雪楼的话还在史无名的耳边回响，他也觉得有些茫然，事情千头万绪，一时间无法捋清。

史无名不由得拿起毛笔，在纸上写下了几个地点。

鬼门寮，清明渠，困龙井，保宁坊，西市。

他思索了半刻，没有增添，便小心翼翼地把那张纸折好放入书桌。

明日还有许多事情要去做。

东市那个石敢当是如何丢失的还需去问，云真道人的死亡时间和谢云亭的死亡时间非常接近，而谢云亭请了一个法师做法，那么这个法师会不会是云真道人？而且这两个人的死亡现场都和水有关，这又该如何解释？

刘仵作说谢家的仆人已经有了转醒的迹象，看来应该去问问话了。

可想而知，明天定然是忙碌的一天。

　　谢云亭身边的几个奴才小厮如今都在大理寺，有一个挨不住打，当时就一命呜呼了，可惜他们都是家养的奴婢，命都算不得是自己的。剩下的那三个还吊着一口气，送到大理寺的时候都是烧得浑浑噩噩，昏迷不醒，好在刘仵作和大理寺请来的郎中医术不错，愣是从阎王爷面前把命给他们抢了回来。

　　昨日发现了谢云亭的尸体，谢家更是跳脚，一面往回要尸体，一面给大理寺施压，一面恨不得让那几个家仆立刻给谢云亭填命，只可惜人被送到了大理寺，即使谢家再张狂也不敢到大理寺去把人活活打死。而且昨日苏雪楼对谢家摆明了态度，想弄清令公子是怎么殒命的，这几个人是关键，不想找出凶手或是原因就请便。如果谢家想要到大理寺随便打死人，就要明天早朝好好到圣上面前辩辩是非，谢家人才悻悻地走了。

　　当然，这一来一往的机锋史无名也是后来听别人转述的，苏雪楼和李忠卿昨夜在这里当值，在谢云亭的书童清醒后就问出些东西——谢云亭在自家的后花园隐蔽之处偷偷给那女子设了个衣冠冢，埋了好些东西在里面，兴许其中会有什么线索。而其他那几个人虽然清醒得比他早，知道的还真是不多，因为他们对这位痴少爷也不怎么上心——府里面大部分人都去讨好如今被谢大人看中的二少爷了。所以这两个人一早就带人去了谢府，并不在大理寺。

虽然史无名此次提审是二遍问话，但这几个人根本不敢有所不耐，而且这几个人差点被谢家活活打死，很难说心中没有怨气。他们虽然是谢家家养的奴才，遭受这些也算得上无妄之灾，谢云亭是主子，他想干的事情是区区几个小仆能拦得住的吗？史无名听他们七嘴八舌说了几句，便去询问那书童了。

书童才十三岁，八岁的时候被买进来，一直养在谢云亭身边，和谢云亭感情还是深厚的，并不像别人一样都为自己打算，他昨夜清醒后听说谢云亭已经死了，便一直哭个不停，到现在眼睛还是肿的。

"我家公子找了位法力高强的天师，据说他能招魂，那位天师真的让我家公子见到了那位已经死去的姑娘……"

"等等，见到了？"史无名吃惊地瞪大了眼睛，他刚刚听的时候便觉得谢云亭是被那所谓的天师骗了，可是听到最后却是吓了一跳。

"是的，真正的情形小人并没有见到，因为作法的时候只允许公子一个人在场，怕我们这些无关人身上的阳气冲撞了鬼神……反正公子回来的时候特别高兴，有时心驰神往，有时又黯然神伤，又是哭又是笑的，说出的话也是颠三倒四的，把小人吓了个半死，您想必也曾经听说过我家公子曾经……曾经痴过吧？"

史无名微微点头，思索了一下谢云亭的情形，忍不住叹了一声："是邪，非邪，立而望之，偏何姗姗其来迟！可叹，百无一用是深情！"

"您说什么？"那小书童被史无名这天外一句闹得丈二和尚摸不着头脑。

史无名摇头笑了笑。

"昔年少翁为汉武帝招李夫人的魂魄，汉武帝作了此诗，便是我刚刚说的那几句。古往今来，神棍骗子的手段都差不多。好了，继续说你家公子的事情吧！"

"实际上就算治好了也和从前不一样了，所以平时我们都是小心地哄着，只求公子高兴便好，生怕他再出什么事情。好在这次我家公子并不是旧病复发，很快就恢复了正常，我们这些伺候的人便觉得是烧了高香，哪里还敢管他？"

"哦，你家公子随后做了什么？"

十二

"无非就是拿更多的钱，想要做更大的法事，打开鬼市给那女人找回魂魄还阳。据说公子见到天师召回那女子魂魄的时候，两人遍说离别相思之苦，只是当时天师说什么还欠缺什么能把鬼门寮打开进入鬼市把那女子带出来的法宝。"

史无名心下了然，怕是谢云亭这个痴人真的相信了，世上的骗子为什么能行骗成功，是因为总有人对他们深信不疑。

"是石敢当?"

"是的，大人您都知道了?"那书童有些讶异地说，"那石敢当据说是前朝之物，又是泰山之石，有着莫大神通，虽然说是避鬼驱邪之物，但是那位天师说，水能载舟，亦能覆舟，是正是邪，都在一线之间，只要这些东西运用得好，那么就是助力，我家公子便像疯了一样到处去找这几样东西，那一阵子他带小人走了很多地方……"

"是你家公子下手去偷的?"

"是小人下的手……"那书童畏畏缩缩地说，"公子手不能提篮，如何能翻墙爬树，都是我们一起确定好地点然后晚上小人去下的手。"说到此处这个少年害怕起来，"大人，这……这是不是偷窃罪? 小……小人也只是偷了两个石敢当而已，拿的其他的东西无非就是为了不让人知道我们是为了这石敢当而来的而已……"

史无名倒是觉得所谓的偷窃罪都是小事，而且这主仆二人怕是有些多此一举，若是单纯拿那石敢当，怕是更不容易惹人发现。

"听说你和苏大人提及你家公子还给那女人建了个衣冠冢，就在你家的后花园里。这种事情，你们没对你家主人禀报过？"史无名讶异地问，坟冢这东西可不是应该放在家里的。

"主家对我们这些下仆非常严苛，鞭打发卖都是常有的事情，我们不求有功，但求无过，哪里敢说。后来公子走丢了，我们吓得都快疯了，回家报信后，主家不由分说，把我们拿住就是一顿好打，几乎丢了半条命，就更没有机会和他们说这些了。"

史无名点点头，这倒是能说得通。

"他找的那天师是什么人？"

"道号叫云真道人，在长安城中有一处宝刹，在丰乐坊那个地方，其余的小人却是不知道了。"

史无名挑了挑眉毛，这真的是巧了，竟然又是这个云真道人，这两个人如今都已经殒命，其中定然有什么干系。

于是史无名便打算去谢家看一看，苏雪楼和李忠卿一早就已经领人去那里了。以苏雪楼那般性格，昨日知道这些，若不是自己发现谢云亭的尸体，怎能忍到今日带人去？

十二

他本以为自己到谢家能看到的是谢家正在为谢云亭操办丧事，谁想到，谢家门前，只能用人仰马翻一片混乱来形容，金吾卫已经把谢家包围了。

十三

"怎么了？"史无名莫名惊诧，怎么连金吾卫都出动了，苏雪楼到底在谢家干了什么？没办法，他只能问问守在门口的一个眼熟的金吾卫。

门口的金吾卫是宫南河手下的一个小校，自然也认识史无名，见到史无名问他，便痛痛快快地说了。

"大人您不知道，也不知道这谢家公子是怎么想的，在自己家的后花园的角落里给他的心上人设了个衣冠冢——倒实在隐蔽得很，没让人发现，否则他家里的人不得觉得晦气？而那衣冠冢里发现了很多东西——而且都是宫里的贵重物件，某些东西谢家还能推脱说是谢昭仪赏赐下来的——只是宫中赏赐都是有记录的，这借口怕是也难，可是其中还有一件陛下的私服，这可就不是小事情了。"

听了这句话，史无名也瞪大了眼睛，谁想到事情能够急转直下到如此地步。

谢家人现在也乱成一团，史无名远远地朝院子里观望了一眼，大理寺卿林大人已经到了，身边似乎还有刑部来的人，而他们旁边那个就要被带走的脸色苍白且在大喊大叫的中年男人就是那位谢大人，宫南河和苏雪楼正面无表情地盯着他。

"仅仅是窃取今上私服，那就是重罪，若是陛下想保住谢家，可以出来给他们开脱一下，就怕陛下没有这个意思。天威难测，更不要说这种事情完全可以被扣上一个图谋不轨犯上谋逆的罪名。"史无名喃喃地说。

"谢家这次恐怕是要完蛋了。"那小校低声说，"就算宫中的娘娘再得宠，怕是也护不住。"

"不，只怕是那位昭仪娘娘自己也难以置身事外吧！——陛下的私服也只有她能接触到！"史无名叹了口气，他看到宫南河带着手下的金吾卫带走了在大呼小叫要见皇帝的谢大人，苏雪楼站在一旁，脸上的表情带着嘲讽，他看到史无名便走了过来。

"谢家人大概现在连肠子都悔青了，他们不该把那几个谢云亭的贴身仆人送到大理寺来，本来是想仗着官威让大理寺帮着找人，现在反而是从这几个人口里得出这衣冠冢的事情，然后又在里面翻出了这些要命的东西，他大概恨不得怎么当初没把他们打死吧！"

史无名见不得他把这种打杀人命的事情说得这么随便，于是扯到了另外一个话题。

"这谢家公子说是痴症被人医好，我看也只是表面好了而已，否则不会做这种能捅破天的事情！皇帝的私服也敢私藏，我不信他作为一个皇亲国戚不知道那衣服属于谁，真是疯了！"

"怎么说不是呢！"苏雪楼叹息着摇摇头，"我带你去那衣冠冢所在的地方看看。"

谢家一片寂静，所有的人都被看管起来，而发现衣冠冢的后院花园更是被团团围住。如那家仆所说，衣冠冢被藏在花园一个非常隐蔽的角落，也没有什么碑文，还有些花草掩映，大概这才是没被发现的主要原因——看来谢云亭做这件事还很小心，现在坟墓已经被掘开，里面空无一物，里面的东西已经被当作证物呈了上去。

史无名打量了一下四周，发现这里濒临花园池塘的水边，其上树荫掩映，花木交错，往远处看去，能看到的景致也非常不错，假山池沼，亭台轩榭，高低掩映，可见当时谢云亭选址的时候颇为用心。

"谢云亭已经死了，如果陛下想放过谢家，那么自然能找个理由把他们放了，谢侍郎是陛下提拔起来的人……可就怕陛下……所谓帝心难测啊！"

这观点和史无名的相同，于是他什么也没说，而是把注意力放在了谢家花园的风景上。

苏雪楼顺着史无名的视线看去，颇为讽刺地评论了一下这个花园："谢侍郎这人好风雅，园子倒是修得不小，有些地方已经违制了。朝廷上多少墙倒众人推的，原来他得势的时候别人不提，但是如今……怕是因为这个，御史们明天又能激动一阵了，可惜啊，不知道他能不能回来当这里的主人了！"

"现在他如何我倒是不关心，既然在这里发现了御用之物，我这里有一件事必须要和你说上一说。"史无名轻声说。

苏雪楼转过头来看向史无名，表情严肃。

史无名便把崔四买到的东西和苏雪楼一提。

"若是一件两件倒也罢了，宫中与外界总有往来，前朝还经历过变乱，流出些许东西也是可能的，可是先在那云真道人那里发现了熏香球，又在谢府发现了这么多东西，现在我家的崔四竟然也能从鬼市上买到宫里的东西，此事还须去内廷查查才好，若真是内廷的东西，这么多的宫中之物流出来可不是一件小事。"

苏雪楼神色慎重地点了点头，表示他会去办这件事。

史无名把这件事告诉了苏雪楼后便松了口气，以他现在的官职有太多事情办不到。而就在这个时候，外面有人来通报，张老爷子来寻他了，正在大理寺等候。

提起张老爷子，史无名就想起了至今还对他不假辞色的李忠卿，刚刚他也是远远看到史无名便转身就走，史无名不由得叹了口气。

自己不过是想要进一次鬼市，怎么就闹成这样了呢？他就不信李忠卿没有那个好奇心，明明小时候无论什么冒险都是两人一起的。

十四

张老爷子看起来很是不安，大理寺这种地方天生就给人一种杀伐气息极重的感觉，就算这里只是门房也依然一样。

因为他不知道自己打听来的事情会不会给自己惹祸上身，而且他打听到的事情确实有些匪夷所思。

他紧张的心情直到看见了史无名才有一点点好转。

"我打听到云真道人和谁混在一起了，是西市那边一群外族人，那是一群信奉拜火教的外族人。"说到这里张老爷子皱了皱眉头，"我也不明白，我们这边供奉的是老君，那边信奉的是什么女神娜娜，这云真道人是怎么和那一帮人凑在一块儿的。"

"不是说过他是假道士真神棍吗？金黄银白才是这种人的心头所好，怕是顾不得举头三尺的神灵了！"苏雪楼哼了一声，昨天派出去调查云真道人的人并没有太多收获，唯一知道的是云真道人最近的大客户便是谢云亭，谢云亭急着要进鬼市，云真道人收了一大笔钱给他作法，结果两个人一起去了鬼门寮双双没有回来。

"大人说的是。"张老爷子连连点点头，"不过这拜火教听说倒是有很多百姓相信他们。最重要的是，听说通过他们才能开鬼门寮进入鬼市，这云真道人据说就是他们吸收的帮人开鬼门的术士之一。"

"通过他们开鬼门寮？"

"是的。"老爷子看起来更加踌躇不安了，"他们要很高的价钱……似乎有不少猎奇之人想去鬼市。"

"如果是要钱，这个世界大概没有什么解决不了的事。"苏雪楼哼了一声，"就怕这些人还想要别的，毕竟不是每个人都有很多钱。"

"是啊，听说没有钱的人想要进入鬼市就需要给他们办

十四

事或者是用别的东西来抵债，也许是房屋宅邸，也许是骨肉儿女。"

史无名听到这里便皱起了眉头。

"办什么样的事？"

"不知道，不过想来也不会是简单的事情。"张老爷子摇摇头，"我找到门路打听这件事也不容易，对方也不怎么信任我！但是盂兰盆节要到了，听闻近期会有一场大的鬼市，他们似乎希望有更多的人加入其中，所以才露了口风。

"而且听说去鬼市的流程更是匪夷所思，需要让人到特定的地点，然后让人选择过什么生死关，当你选择死关，他们才会作法开鬼门，让你入冥界，游鬼市。恕小老儿直言，此法闻所未闻，见所未见。老朽总觉得这些人内心不周正，诸位大人切不可相信！"

"生死关，入冥界，游鬼市，有意思！"史无名更加好奇了，"那更应该去看看了，钱倒不是问题。"

其实苏雪楼现在并不怎么同意史无名想去鬼市的想法，毕竟谢云亭和云真道人的尸身已经找到，史无名再进鬼市也没什么意义。可是他又想知道，在长安的夜色下，真的会有这么一个神秘的能够通往幽冥的地方吗？而且云真道人是给人开鬼门的人之一，他手中有宫中的东西，和他接触过的谢云亭手里也有皇宫里的东西——虽然不知道是怎么来的，但是查出宫中之物流出的源头是必要的。

"联系他们，我要去鬼市。"史无名对张老爷子说。

张老爷子点点头，刚刚转身要走，一个人拦住了他。那是李忠卿，他脸色还是不好，张老爷子也知道因为上次的事情，李忠卿发了怒，所以有些讪讪地望向李忠卿，又偷偷望向史无名，一时间看着有些可怜。李忠卿倒是没多余的举动，只是冷冷地对他说："跟他们说，要去两个人。说是大家族子弟要给长辈选寿礼，不怕花钱。"

"是，小老儿当然知道，最晚后日大概就会有消息。"张老爷子忙不迭地点头——李忠卿的气场太吓人了。

史无名朝着李忠卿讪讪地笑，李忠卿望着他一言不发，开始面沉似水，随后表情变得有些无奈，他从小到大和史无名发脾气根本超不过三天，自己也觉得无力。

史无名从小到大爱的是风花雪月，喜欢的是动脑子想事情，真真正正是一个手无缚鸡之力的书生，想要自己跑去那个诡异的鬼市，这是在开玩笑吗？

"无名，你还是不要去了！还是我派人……"苏雪楼还是想阻止一下史无名，毕竟这件事还是挺危险的。

史无名带着一种惊讶的眼神望着苏雪楼——似乎对苏雪楼会阻止自己感到意外，随后他的神情变得有点逗趣，还带有一点点固执，一看他的表情李忠卿就知道这件事情再也没有商量的余地。因为从小到大，史无名若是做出这种表情，李忠卿就知道这件事他定要一意孤行，再没有置喙的余地，若是自己还要坚持，那么史无名也一定会一条道走到黑，后果怕是说不得的严重，这种体验他从小就领教过，决计不想再体验了。

"我们两个人一起去，不会有事的。"李忠卿对苏雪楼说。

苏雪楼叹了口气，最后点了点头。

晚上回到家，两人为入鬼市做了些准备，拿了些必要的银钱——虽然苏雪楼走公账给他们拿了钱，但是该多备些就多备些，李忠卿去买了能遮住面目的斗篷，还准备了一些能够防身的小玩意儿——鬼市其实就是黑市，货物来源不明，真假参半，其中的人鱼龙混杂，甚至不乏亡命之徒。而且这个鬼市似乎还不同于务本坊的那个，只怕其中更为复杂，还有幽冥之事掺和在里面，于是李忠卿偷偷地还搞了点黄纸咒符什么的，默默地塞到自己和史无名的斗篷里，不知不觉已经忙到了半夜。

那边李忠卿在搞"小动作"，而史无名却在思考，突然刮起一阵狂风，将他办公的这间屋子的窗子吹得啪啪作响，案上的书页也被吹翻，瞬间书案上便乱作一团。

天边隐隐传来雷鸣，闪电骤然乍亮，这浓黑如墨的夜色一瞬间闪亮似白昼，也将黑暗中史无名的脸照得惨白。

李忠卿被吓了一跳，他是被那惊鸿一瞥中史无名的脸色吓到的，他觉得那一瞬间史无名似乎想到了什么极为可怕的事情，再想要细看，电光一闪而逝，等他再次看去，史无名已经面色如常。

"你不要动，我去。"李忠卿一边说一边转身朝窗子走去，在狂风暴雨中关好了窗子。"你刚刚怎么了？"随后他有些犹疑地问。

"我刚刚有一种很可怕的想法，但是又觉得自己是在杞人忧天，所以暂且把它放下了。"史无名淡淡地笑了一下，没有多加解释，随后望向窗外。

这天闷了几日，终是没有要下雨的意思，今日夜半之时终于解了禁，开始是零零落落的几滴，最后大雨终于倾盆而至。院子里的杨柳在疾风中摇曳辗转，发出呼啸嘶鸣，给人一种狂魔乱舞之感。史无名重新点燃了油灯，屋中的光亮给人一种安全之感，雪衣娘和它儿子机敏地跑进屋里，趴在了书桌之下，看样子是不打算出去了。

"忠卿，这案子我感觉很不好啊！"史无名轻轻点了点桌子。

"为什么？"

"我怕这一切不是鬼神作祟，而是人为之祸，里面蕴藏着更大的阴谋。"史无名慢吞吞地说。

"如果能肯定是人为的，那就没有什么可怕的。"

"不，有时候就是因为是人为的，所以才更可怕。"史无名摇摇头。

此时这两个正在讨论的人并没想到，第二日的大理寺，会有个更大的意外等着他们。

十五

空气中到处弥漫着灰尘与烟火的味道，到处是残垣断壁，现场的每个人看起来都很狼狈。

原因无他，昨夜半夜大理寺走水，烧毁了几间房屋，若不是半夜的那场大雨和赶到的金吾卫救火及时，只怕损失会更惨重。

而其中损毁最大的就是大理寺用来存放证物的屋子，如今已经面目全非了。

"昨日值夜的是谁？"苏雪楼的表情此刻只能用暴跳如雷来形容，史无名和李忠卿则是完全因眼前的情景惊呆了。

"是……是孙主簿。"

回答的那个小吏满脸烟灰，看起来都要哭出来了。

"孙府明人在哪儿？"这时候大理寺卿林大人也到了，他立刻问了一句。

大理寺卿林峰阅是个英俊严肃的中年男人，留着一把漂亮的长髯，性格方正严谨，为人也很公允，大理寺中的所有人都很尊敬他。

"回大人，从昨日火起小人就一直没有看到孙主簿，小人怀疑……小人怀疑他不会是在屋子里没出来吧！"

众人都是一惊。

"我们来救火的时候并没有听到有人在屋子里呼救，火势极大，无法入内。只是这火起得奇怪，似乎突然间就烧得很大了。"来救火的一个金吾卫小头领如此说。

苏雪楼转过头问大理寺的仆役。

"你们为什么没有能第一时间发现火灾？"

那几个役卒唯唯诺诺地前来回话，他们满面烟灰而且都是疲惫之色，史无名也能看出他们的状态很不好，都有点云山雾绕的昏沉感，于是他便上去打了个圆场。

"林大人，苏少卿，事已至此，现在最重要的是检查一下火场，寻找一下孙主簿，还有清点一下我们到底还剩下了些什么。"

林大人一直很欣赏史无名，觉得这个年轻人很有前途。他说的话，林大人还是很听取的，可史无名还没说完，那几个役卒中的一个人竟然一下子就倒在了地上，把周围的人都吓了一跳。

众人急忙把那人抬走。

"大人，我见这几个人情形有些不对，不如稍后再问话，是不是该请个郎中来看看，实在不行，让刘仵作先去看看。"

刘仵作医术尚可，平时大家有个头疼脑热都是去求他的。

林大人也觉得事情有蹊跷，所以就点了点头，而这时候苏雪楼已经带着人去清理火灾现场。

"大人，发现了一具尸体！"不久后有人喊。

尸体已经是焦黑的样子，从外观上无法判断死者是谁。

不过按照那几个衙役所说，昨晚只有孙主簿一直留在库房，若无意外这具尸体便是他，大家的心不由得又沉了一沉。

孙主簿这人平时安静寡言，无大功亦无大过，是个勤恳的人，史无名和他虽无深交，但是也觉得有些难过。

"昨晚轮值的几个兵士竟然都打了瞌睡，直到火起有人呼喊才清醒过来，而且他们刚刚还倒了下去，这件事定有蹊跷！"史无名低声说。

苏雪楼望了史无名一眼。

火，是最能毁灭证据的一个手段。如果这不是偶然的起火，那么纵火的人的目的是什么呢？

"如果死者真的是孙主簿的话，那么这场火是为了杀死孙主簿，还是为了抹去这屋子里某个案子的某件证物？"

史无名说这句话的时候，他非常敏感地发现林大人和苏雪楼交换了一个眼神。他看了看李忠卿，显然李忠卿也发现了这一点，对他使了个眼神，两个人便什么也没说。

十六

"我看了昨天值夜的那几个后生，这事情不对啊！"刘仵作刚刚从昏迷的人那里回来，一边捻着胡子一边絮絮叨叨，老爷子这几天照顾的不是谢家的那几个家丁就是大理寺的兵丁，一个好好的仵作被当成了郎中在使，忙得团团转，"别说晕的那个，没晕的那几个现在也睡得东倒西歪。这一看就是有问题啊！我就找找他们昨天晚上吃剩的东西，果然在里面发现了蒙汗药，不过不是剂量大的那种，晕倒的那个人显然有些贪食再加上劳累过度就变那样了。"

此时苏雪楼和李忠卿看完现场回来了，也听到了刘仵作的话。

"应该是在屋内墙壁上泼的油，然后还有其他东西助燃，存放证物的房子又很老，里面易燃的物品也很多，所以大火才起得这样快。"苏雪楼和史无名说了一下火场的情况。

"油是从哪里来的？我不相信这个犯人趁着天黑来到大理寺，他的手里还会拎着油！"

"是从后面的厨房拿来的，刚刚有人来禀报，后厨丢了两瓮油，我怀疑犯人应该是在给值夜人员的夜宵下药的时候顺便摸走了油。"

"犯人没惊动任何人，甚至知道后厨送夜宵的时间，顺利地找到了存放证物的房子放了火……如果不是很久以前就开始踩点，那么只能说明一件事——"史无名撇了撇嘴，"我们这里有内奸。"

苏雪楼脸色变得很难看，什么也没说就转身离开了。

"我们去看看尸体。"史无名对李忠卿说。然后他们跟着刘仵作一起走了。

"从身高来看，这个人和孙主簿相近。"刚刚接手尸体的是刘仵作的徒弟，师父去照看活人了，这死人就由他来初断，此时刘仵作回来了，和史无名还有冷冰冰的李忠卿站在一旁抄着手看他，显然有考校他的意思，他就更紧张了，"他的口鼻之内有烟灰……应该是被活活烧死的。"

"他应该是没有跑出来，因为和那些役卒一样食用了有蒙汗药的食物，因此就算他能够在火起的时候醒来，也没有来得及跑出去。"

刘仵作的徒弟满怀希冀地望着自己的师父，就盼望师父能给自己一个肯定，那眼神莫名让人觉得这孩子就像只等待讨赏的大狗。

可惜他的老师并没有给他期盼的东西。

"你切开气管了吗?"刘仵作严厉地问。

"还……还没……"

"那他胃里的东西呢?"

"也还没……"

"那就敢凭空下判断?!"刘仵作颇为严厉地说，他一直觉得自己的这个徒弟有些毛躁，"刑狱之事万万不能马虎，否则不知道要造成多少冤魂!"

"可是一般仵作都是只看这些啊，这些不就完全够了吗?"徒弟不服气地争辩。

"喉管和肺里并没有灰尘。一个人遇到火灾之后一般都会呼喊挣扎，灰尘烟土会顺着他的鼻口进入他的喉头和肺部。有的奸猾的罪犯，为了掩盖死者的死因，会事先在死者的鼻口里撒上烟土，伪造出被烧死的假象。而活人遭遇火烧，被烧时挣扎滚动，全身都会有烧伤痕迹，而这名死者发现的时候是仰躺，尸体正面的皮肤都被烧焦了，但是背后的皮肉却是完好的。而孙主簿昨晚在府衙内用的饭食，既然无法辨认出这个人的面目，那么就必须依靠别的来判断，比如说身高，或者说某些身体特征，这些现在都无法判断出来，那么胃里的东西也能算是一个佐证。你且说说看，你做的那些够了吗？"

"是是是，我马上去！"小徒弟脚不沾地地跑了出去。

看着他急急忙忙的背影，刘仵作叹了口气。

"年轻人果然还是太浮躁了。"他喃喃自语地说，然后也跟了过去，"还需要多多磨炼啊！"

过了一会儿，那小徒弟回来了。

"几……几位大人，这个人应该不是孙主簿……"

"为什么这么判断？"

"首先，就像师父说的，虽然此人的口腔和鼻腔里有烟灰，但是他的肺里并没有灰尘，说明他根本没有挣扎，在火灾的一开始就是具尸体。其次是从他胃里取出来的东西，那根本不是我们大理寺昨天晚上的夜宵……而是些野果草籽一类的东西，我觉得这个人大概是个乞丐。"

"而且这人应该是被勒死的，他的舌骨断了。"刘仵作跟在后面回来了，"如果烧的时间再长一点，尸体烧得更焦，再有房梁什么的压在身上，让骨骼碎裂，就根本无法检验出来了。"

"如果有人杀了一个乞丐，然后用这个乞丐的尸体代替孙主簿，那么真正的孙主簿呢？"李忠卿补充说，"而且这件事怎么看都不像是突然起意干的，会不会这件事就是孙主簿做的？他可以去厨房里往夜宵里下蒙汗药，而且熟悉大理寺的一切，放了火后用尸体代替自己，让人以为他已经死去，他自己便金蝉脱壳离去了！"

"只是孙主簿在大理寺也待了近两年时间了，为什么会突然做这件事呢？"史无名摸着下巴，眼睛微微眯了起来，"一个人突然做一件事，必定有其理由，那么他的理由是什么呢？"

"难道是为了谢家这案子而烧了物证？"李忠卿猜测了一下最近发生的事情，"他和谢家有私交？"

"那件私服当时就已经给陛下过了目，陛下已然知道这案子，并且到现在也没有为谢家开脱的意思，立场可见一斑，所以要是为谢家放这把火只能算在陛下面前火上浇油，要有多蠢才会这么干？"

"二位最好去问问苏少卿，他最近似乎接了什么不太好的案子——除了谢家这桩，林大人和苏少卿似乎很为这案子心忧。"刘仵作悄声对史无名说。

史无名也发觉这段时间苏雪楼和林大人有什么事情，苏雪楼虽然最近跟着他们忙着谢家的案子，但是他的脾气明显焦躁了许多，有时候就像一只会随时随地炸毛的猫。只不过他并不是好奇心那么重的人，所以也没有打听。

不过如果和这件案子有关，怕是苏雪楼很快就不得不吐露给相关的人了——大理寺着火不是小事情，只怕皇帝都要过问，这个时候即使自己不去问，如果他们想让自己参与侦破这案子，就定然会说给自己听，可是如果人家不希望你参与，问了也是徒然，所以史无名和李忠卿都去忙自己的事情去了。

十七

昨晚厨子做完夜宵就去歇息了，饭食自然由仆役分送各处，大理寺的厨房并不是什么守卫严密的地方，想要混进去还是不难的——而且也没有人想到有人竟然敢跑到大理寺作妖。而刘仵作那里没有丢尸体，这一具额外的尸体不可能凭空跑进来，因此重点排查的就是进出能够藏人的车辆，但是能在这皇城里和大理寺往来的，基本都是府衙之间或是官吏之间，大家心里都觉得不大可能，人们更多的视线放在那些来送柴米油盐日用品的车辆上，毕竟这样更容易混进厨房。

细查之下，倒是有一辆车非常可疑，那是一辆来剔粪的车子——一个来救火的金吾卫在无意中瞥见的，当时并未曾引起他的注意。事情过去，大理寺又开始调查，他细思下来，觉得不妥，才把这件事说了出来。

来剔粪的人一般都是早上工作，他们在各坊坊门没有开的时候进行收集，然后在刚开坊门的时候就会把粪车拉出去，到固定的地方统一收集处理，而在半夜就开始收集这显然不太对劲儿——粪车可以隐藏尸体，也可以掩盖尸体的味道，而兵士多不会仔细检查，所以非常可疑。

负责皇城里各个府衙这事情的是一个叫罗兴的人，应该说罗兴这个人很厉害，长安城里剔粪这事情一大半儿都是他在负责。这个时代，有人因为剔粪成了富民，更有甚者，家缠万贯，罗兴就是这样的人，毕竟维护一个庞大的长安城的卫生并不是一件容易的活，虽然脏些累些，但是得到的回报却是很可观的。

虽然现在他也算富甲一方，奴婢成群，但是皇城里的剔粪工作依然是他亲自带着人做，这里毕竟都是达官贵人公干之处，出了什么差错可不好。

可惜今日真的出事情了。

罗兴连连喊冤，他们做这些活儿的时候都是赶在天色蒙蒙亮之时，各个府衙值夜的仆役会把净桶放到后门，自己带人收取便是了，无论如何也不可能会在半夜的时候出现。而且他凌晨起来的时候，并没有发现自家的粪车不见了，出入皇城的凭证也依然在自己身边。

"所以要么是他在说谎，要么是有人伪装了一辆粪车来做这件事。这车一是来运送尸体，二嘛，大概是要把这里的一些东西运出去。"史无名用手指敲了敲桌子。

"证物房里的东西？"

"是啊，表面看那里烧了很多东西，但是实际呢，如果对方拿走了一些证物，我们也根本无法知道。"史无名今天帮忙整理了火灾现场残留的物品，整个人狼狈不堪，浑身都透着烟熏火燎的味道，回家沐浴后才把那味道除去，"苏兄已经让人去调查孙主簿，不过我觉得结果肯定不乐观。应该说孙主簿这个人太普通了，日常的行为让人挑不出任何毛病，而他在京师的家人也并无可疑之处，他们只是知道孙主簿昨天早上和平常一样离开了家，在大理寺值夜，转日便出了事情。"

"如今这情形，看着像是里应外合，外面的人把尸首弄进来，孙主簿在大家的饭食里落了药，这两人把证物房里他们需要的东西都带走了，然后放了一把火，只是没有想到老天爷突然落了雨。而且有件事情让我很在意——那只石敢当不见了！"李忠卿则是在火灾的现场忙碌，狼狈程度和史无名不相上下。

听到这个消息，史无名愣了一下，他讶异地盯着李忠卿。

"没有了？"

"是的，没有了。我让人到处找都没有发现它，火灾不可能把一块石头烧毁，也就是说它被人拿走了，我已经把这事情上报了，可惜上面似乎并不在意——或者他们现在根本没有时间在意。"

"也是，他们现在根本没有时间管丢失的石敢当，他们似乎认为这场火灾是为了另外一件案子而来——他们现在还没有决定是不是要与我们说。"史无名点点头表示同意，随后更加烦恼了起来，"所以，这石敢当里到底藏着什么秘密，有人就算是烧了大理寺也要得到它？"

"还没确定犯人火烧大理寺是为了这石敢当吧！"李忠卿提醒说，"你这么说可是有些武断了。"

史无名吐了吐舌头——这个习惯倒是和他小时候一个样子。

十七

"是这石敢当在我心中的分量重，所以发生什么都会想到它。不过说到这石敢当，我便想起那天在西市遇到的朱老板。"

"他怎么了？"

"此人腰缠万贯，铺子比比皆是，怎么会去特意注意一个石敢当的事情？他说自己对石敢当完全不在意，但是却能一眼知道那是自家的东西，看到我带着石敢当去的时候，他非常意外，也非常高兴，一瞬间的神情骗不了人。"

"这倒是有趣，你是觉得这石敢当中有什么玄机？"

"是啊，我不相信它是单纯为了招魂用的，也不是单纯用来避鬼镇宅的，这些东西应该是别有他用。"

"那你说……"

可惜李忠卿的问题并没有说完，崔四就走了进来，他来禀告说，苏雪楼来了。史无名和李忠卿都是一愣，都已经这个时辰了，苏雪楼却跑了来，怕是有很重要的事情不能在衙门里说，特意寻到了家中这个相对安全的地方。

十八

　　苏雪楼来的时候神情很严肃，还带着那么点焦躁，这并不像是平时的他，平时的他总是弯着那对狐狸眼，唇上带着若有似无的笑容，看起来好像万事都成竹在胸。

　　看他这副表情，史无名便知道刚刚的猜测是对的，李忠卿已经命崔四关好了家门，他又四处看了一遍，这才回到屋中。

　　苏雪楼已经灌了一杯茶了，他来得匆忙，已然一身是汗。

　　"两位贤弟大概也知道，我与林大人为近日的案子有些焦头烂额，如今这大理寺一烧，恐怕麻烦就更多了。"

　　"近日的案子，不过就是人口的失踪案和谢家的案子有些棘手，怎么就到了焦头烂额的地步？而大理寺被烧……今日陛下似乎也没有对你们多加苛责啊！"史无名慢吞吞地说。

　　"你只知其一不知其二，有些事情是不能让人随便知道的！"苏雪楼低声嘟囔了一句。

"这一阵子我和林大人一直为了某件案子非常烦恼，而这件案子和舒王李谊有关。"

史无名顿时一惊："舒王！"

谁都知道，舒王李谊在本朝有着极为尴尬的位置。舒王李谊可是差一点顶替先帝坐上皇位的人，于永贞元年就薨了，不过死因似乎有些蹊跷。那时舒王李谊可是正当壮年，还带过兵打过仗，却那么莫名其妙地薨了，其中的原委肯定有很多不能明说的状况。

"先帝都崩得不明不白，何况一个舒王？"

史无名轻轻说了一句。

"是啊！"苏雪楼有些沧桑地叹了口气，"大概在一个月前，有一个少年来到长安给自己的父亲喊冤，说自己的父亲失踪了，如今生死不明。"

"这种事情照理说不应该送到大理寺吧！"

"是啊，因为下面的府衙听他说了原委就觉得这是块烫手的山芋，怕是碰不得的，所以就将其送到了大理寺，把麻烦甩给了我们。那个年轻人是个郎中，而他的父亲是位军医——舒王殿下的军医。"

"这人不会说出了那一位王爷死于非命吧？！"史无名压低声音问了一句。

"没有，他也没那么蠢。但正是因为不蠢才麻烦，他来投告的是自己父亲的失踪，而他的父亲是去给舒王诊疗病情，结果就此失踪了，需要舒王府给个解释。"

"舒王在永贞元年十月戊戌薨，如今都是转年的年中了，他怎么这么久才想起来投告？"

"他自云家在扬州，其父乃是舒王的随行军医，家中其余的亲人都在这段时间中离世，他得知战事结束之后，便离开了家里，到长安寻父。扬州于长安，有着千里之遥，消息不畅也是寻常，所以转年他才出现也并不奇怪。但是要命的是，他这个小人物也许会掀起的大风浪，他父亲是被叫进舒王府为舒王诊病后失踪的，而在那次诊病后不久，舒王也突然薨了。

"而他呈递给大理寺的一样东西，据说是他父亲失踪前传回的最后一封家书。上面提及他怀疑有人在给一位身份贵不可言的人下毒——是那种慢性的毒药，用时旷日持久，但是却可以在不被人注意的情况下取走被下毒者的性命。那年轻人怀疑正是因为自己的父亲知晓了这个秘密，所以才会失踪。"

"仅仅从一封信上的只言片语，就说舒王之死有问题，怕是不能取信于人吧！"李忠卿摇摇头。

"注意用词——贵不可言的人，诚然，舒王确实贵不可言，但是你们有没有想过，这个称呼也许指的是……"

"先帝。"史无名垂下眼皮说,"如果往这个方向想,事情就可怕了许多,这也许暗指舒王给先帝下毒,然后想要起兵和先帝争夺皇位。这个年轻人在哪里?"

"实际上,三天前,这个少年失踪了,我们到处都找不到他。"苏雪楼眉头紧锁。

"失踪了?怎么,这长安城里现在开始流行失踪了?"史无名觉得自己现在一听到"失踪"这个词就头痛。

"你还记得从云真道人家中搜出的那个银质的熏香球吗?"

"是的。别告诉我它属于宫中。"

"确实曾经属于宫中,但是根据记录,它当年随着一批赏赐被送到了舒王府,它根本不应该出现在云真道人手中。也就是说,这样东西应该在的地方是舒王府,要么就是随着舒王葬在陵寝里。如果舒王殿下把它赏了人,也会有记录。事实上,舒王确实把这东西赏赐给了别人。"

史无名微微瞪大了眼睛:"别告诉我是那个失踪的军医……"

"就是他。"

"……"

"而且,昔年舒王死的时候,据说……是笑着死的。"苏雪楼蹙起了眉头,"这是我私下打听到的。"

"笑着死的？"史无名觉得自己背后的汗毛都竖了起来，"不是说得急病薨的吗？若是急病，人肯定痛苦不堪，如何会笑着死？若是如民间另一种传闻，舒王是被暗杀的，那么他死去时定然也是惊恐痛苦，也不可能是笑着的啊！"

"所以你瞧，事情太诡异复杂了。而且死前的微笑，一下子就让我想到了谢云亭……"

"是啊，他们都是笑着死去，这太诡异了！"史无名喃喃地说，"怪不得你怀疑这次的纵火案其实是为了舒王这件案子来的！"

"是的，有关那件案子的一切东西都消失不见了，包括那个熏香球。"

"你怀疑孙主簿是舒王府的眼线？"李忠卿得出了一个结论。

苏雪楼沉默，而史无名轻笑了一声。

"为什么他不会是龙椅上那一位的眼线呢？孙主簿在大理寺也待了近两年时间了，两年前，正是今上夺嫡的时候……"

那个时候，今上就开始往各个地方安插自己的人手了吗？

苏雪楼默然不语，史无名知道他肯定也想到了这一层，只不过这个想法实在是太令人恐惧了。

十八

把苏雪楼送到客房休息后——坊门已落，他自然是回不去了，还好客房早就给他备好，因为平时他就常来打秋风。史无名和李忠卿却并没有休息，他们私下讨论了一下这件事情。

"舒王何等尊贵，他若生病自然有宫中的御医前来为他诊治，为什么他会找一个军医？这两者的等级可是差了十万八千里啊！"

"也许是因为御医是皇帝的人，而军医是他自己的人……能将那么贵重的熏香球赐给的人，定然是他非常信任的人。"史无名轻轻说了一句，"也许舒王一直害怕今上会神不知鬼不觉地害死他。"

两个人都为这个猜测吸了口冷气，好在这屋子里的都是彼此信得过的人，并不担心会被人听到。

"今上做太子的时候过得就很不如意，因为先帝意属舒王，舒王原来只是昭靖太子李邈的孩子。而昭靖太子本是代宗皇帝次子，却被祖父肃宗收为养子，在昭靖太子薨后，先帝德宗爱其幼，便把他收为了养子，到了后来还想把皇位传给他。"

"这简直是太乱了……"即使知道这些事情，李忠卿再听到还是觉得无语。

"皇家的事情哪有那么简单。"史无名轻轻摇了摇头，他把声音压得更低，"有传闻说，也许他们之间并不是简单的收养关系，就是亲生父子。"

李忠卿眼睛微微瞪大，不过随后也释然了。

前朝的女皇和高宗皇帝，玄宗皇帝和他的贵妃，似乎哪个都不是寻常的关系。

"皇家不仅仅是高高在上，荣耀万千，其中暗藏的血腥和污秽也是难以言表的，只不过它们都被绝对的权力所掩盖罢了。所以可想而知，今上登上皇位经历了多大的一场血雨腥风啊！"

"当年因为谢家而满门被斩的张家可是先帝的心腹，虽然不是重臣，但是非常受先帝赏识，张大人做过太傅，教导过皇子，而且和舒王交好……"史无名叹了口气，"而当年的张家不过是那场大博弈下被牺牲的小棋子罢了，不，也许张家都算不上棋子，只不过是被谢明德报复了而已，而当年的皇子，如今的皇上是否在其中推波助澜也未尝可知。"

"真可怕！"

"忠卿啊，我们平日读的史书，其实就是这么写出来的，成王败寇，胜利者可以按照自己的意愿去修改历史，过个几十年，知晓当年前尘往事的人都死光了后，假的也就成了真的了。不管上面那位是杀了他自己的父亲也好，还是杀了自己的养兄弟也罢，都不是我们能说什么的。这案子能不能查

十八

087

下去，或者要怎么查下去，最后能够得出一个什么结果，都不得而知啊！"

两个人都陷入了沉默当中。

而就在这个时候，崔四又来禀报有人来拜访了，而且他的脸上带着一股奇怪的神色。

"今日这是怎么了，合着是来客的日子？"史无名轻笑了起来，"是什么人？"

"少爷，来的是位娇客呢！而且还是从后门来的！"崔四一脸八卦地说。

史无名和李忠卿都是一愣，有女郎要找史无名，这简直是匪夷所思，而且从后门，众所周知，史无名家的后门正面对着一条河——曲江的支流。这女子竟然能从这条河上找到史无名家的后门，只能说做的调查很足。

李忠卿的脸色沉了沉，这个当口来的人，谁知道来意是什么呢？

不过李忠卿还是让人进来了，当然是在他、雪衣娘和它儿子的虎视眈眈之下。

那女子形体颀长，亭亭如玉树，发髻盘成一个十分利落的样式，面上蒙着一条黑巾，从小船上跳下来的身形很是轻盈。

客厅之中，李忠卿将她带入后便抄手站在一旁，继续审视地打量着她。

史无名见到她微微一愣，随后试探地开口问道："朱小姐？"

"大人果然厉害，即使没有见过面，竟然就一眼将奴家认了出来。"

"小姐做粟特女子打扮，身上的衣料非寻常人家女子，这几日下官为数不多打过交道的粟特人就是令尊了吧？"史无名苦笑着摇摇头。

"小女子朱彤，见过两位大人。"那女子爽利地施了一礼。

"不知小姐黉夜来访，所欲何为？"史无名将她引入厅堂并给她看了座，崔四上了茶后退了下去，整个屋子里只剩下三个人和门口气势汹汹的两条狗。

"妾身来此，是为了举报一个大阴谋。"那女子看了看左右，"妾身是汉人，这身打扮无非是为了掩人耳目罢了。"

她把脸上的黑巾揭掉，露出的脸庞果然是汉家女子的容貌，这个女郎青春俏丽，面如桃花，不过此时她面色苍白，一脸急切。

"粟特人中有人在贩卖人口，他们不仅贩卖来自国外的奴隶，还在拐卖我们的人口，大人不会不知道这阵子长安城里频发的失踪案吧！"

闻言，史无名和李忠卿都是一惊。

"什么？"

"妾身虽然做粟特女子打扮，但却是大唐人，自然不愿有人对我大唐做下罪恶的勾当。"朱彤一板一眼地强调说，"而小女子此来，自然是在父亲的授意之下，事实上，我的父亲已经被架空。他手下的那帮粟特人都参与了人口的贩卖。"

史无名微微挑眉。

"怎么会出现这种情况？"

"妾身的祖母是粟特人，祖父去世后，她就把持了家中的大权，她本想让我父亲再娶她本家的一个女子，但是家父却偏偏娶了我的母亲，祖母便越发不喜，将她家族中的人慢慢都安插进家中的生意里，如今父亲也只是看着风光，但是实际上已经没有实权。"

"所以小姐是在告你的祖母？"

朱彤苦笑了一下，道："祖母的确是朱彤的长辈，但是小女子在自己祖母的眼里，怕只是一件待售出的货物罢了！我的母亲是她不中意的媳妇，算得上是她的眼中钉，她还硬塞了几个粟特女子给我父亲为妾。我又能好到哪里去呢？而且粟特人好利，不以诉讼为羞，妾身不过是举报他们犯罪，又有什么顾虑？"

见这女子说得如此坦荡，史无名倒是有几分不好意思了。

"众所周知，粟特人爱财，而且据说还有贩卖自己的子女的例子，我一直以为是无稽之谈，难道是真的？"

"是真的。"

"小姐大义灭亲，无名钦佩。"他朝那女子拱了拱手，"拐卖人口是大案，烦劳小姐把详情一一道来。"

实际上长安到京畿附近发生人口丢失的案件最开始大理寺并不知晓，因为案件并不是同时发生的，而且也不是在一个地方发生，但是后来有负责的官员赫然发现，长安城加上京畿附近近一年丢失人口的数目的总和已经是个不容忽视的

十
九

数字了，更遑论那些没有上报的人。

所以案件最后送到了大理寺的案头。

"此中详细情形，妾身也不是十分清楚，只是听父亲和我说过几句，他不敢和我深说，怕我因为惊恐露了行迹，遭到祖母的囚禁和那些人的报复。我只知道他们之中有负责寻找下手对象的、盯人的、下手的，最后运送出去贩卖的。而且据说，其中也有很多人是心甘情愿跟着他们走的。"

"为何会是心甘情愿？"

"他们似乎是成了娜娜女神的忠实信徒。"朱彤皱着眉头说。

史无名和李忠卿对视了一眼。

"那小姐可知道这些人都被带到了哪里？"

"也许是大唐之外，也许就在这大唐之中，毕竟需要仆役或是有特殊需要的人有很多，听说其中很多都是漂亮的女子和青年男子……"说到此处，她看起来有些难为情，"此中的具体情形，其实小女子也不完全知晓。"

于是史无名非常善解人意地扯开了话头。

"听说西域有些国家对来自大唐的仆宠供不应求。"

"是的，就像我们对于昆仑奴、新罗婢有需求一样。"朱彤点头。

"对了，在下还有一件事想问小姐，大概在月余之前，小姐在西市的店铺里，可曾见过这样一个人……"史无名把谢云亭的外貌长相描述给朱彤听。

朱彤听了之后，面上微微讶异。

"妾身知道大人说的这位公子，他月前的确来过西市的店铺。"

"听说他曾经尾随过小姐。"

"不错，原来以为他是个登徒浪子，妾身本想让人给他个教训，后来我也多少听说了他的事情，发现他也是个为情所伤的可怜人，所以就那么算了。"

"那么小姐知道这位谢公子来你家的店铺做什么吗？"

"说是买绸缎，但是也不像是买绸缎，这位公子并没有货比三家或者在西市上多逛逛，而是直接到了我家，而且直接要求到后院看料子。那日妾身正好在店铺二楼帮忙看账，从头到尾的情形看得明明白白的。他到了院子里并不急着看料子，倒是在院子里东张西望的，望着那些花草发痴，妾身以为是这人犯了酸秀才那些风花雪月的毛病，也就没有多在意，就笑了一声，结果就被他盯上了。后来听父亲说，院子里丢了什么东西，但是那院子里能有什么东西？不过花草而已，所以奴家就不曾在意。"

"原来如此。"史无名点点头。

眼见朱彤也说不出更多有用的东西，史无名便端起了茶碗。朱彤这女子也是伶俐之人，见状立刻告辞离开。李忠卿将她送往了后门，只听得她一声口哨，当初送她来的那条小船立刻从黑暗的水面上快速驶将出来，她朝李忠卿行了一礼，利落地跳上了船离开了。

送她上船的时候，李忠卿突然含混不清地说了句什么，朱彤没有听清，瞪大了眼睛茫然地朝李忠卿望了望，但是李忠卿并没有重复，而是摆了摆手，让船走了。

李忠卿望着那船离开的背影面色阴沉，随后命崔四关好了后门，自己疾步走了回去，史无名的茶杯还放在唇边，连姿势都未曾变过，一看就是在想事情。

"你对今天晚上这一出怎么想？"李忠卿问，伸手拿下了史无名手中的杯子。

"目前还不好说。"史无名愣了一下回答，"她说的这些事情，很多地方都需要推敲。她只是证明了自己曾经见过谢云亭，但是我们需要注意的是，她家的店铺其实和那口困龙井距离非常近。"

"而且我觉得她并不是粟特人。"李忠卿冷声说。

史无名意外失笑："忠卿，她不是一直在强调自己是汉人吗？"

"我表达错了，我是说我怀疑她的身份有问题。刚刚在送她的时候我说了句粟特语，虽然不是很准确，但是她根本不知道我在说什么。如果如她所说，她的祖母是粟特人，身边来往打交道的都是粟特人，她怎么可能不会粟特人的话？"

李忠卿家是走镖的，三教九流都有接触，所以他自小什么都学了一点。他的粟特语可能不那么准确，但是也绝对不会让人听不出说的是什么。

"虽然不排除人家根本没听清的情况，但是如果是真的，那么这就有趣了，这个姑娘到底是谁？"史无名若有所思地微笑了起来，"虽然说去朱青云那里调查他女儿并不难，但是如果他们父女真的处于那种群狼环伺的情况下，我们贸然前去会给他们增加危险。何况这一位姑娘还是来给我们送线索的，所以无论她是不是朱青云的女儿，我们冒冒失失地去调查都会打草惊蛇。"

"但是也不能就这么放过，该暗中查的还是要查，朱家肯定是有问题的。"李忠卿冷硬地说，"她能找到这里就非常可疑，也许你的行动就在他们掌握当中。你看，虽然现在是宵禁时间，但是这女子竟然还能自由来往，这长安的夜里，也并不像金吾卫他们吹嘘的那么平静啊！"

史无名从他的话里听出了对金吾卫的不满，微微一笑。

"我在想那位朱小姐提供的他们诱拐那些人的方法，如果真的是吸引人入教借以进行拐带，那么在从前调查失踪案的时候，应该会有所提及。可是从目前调查的结果看，并没有提及这种情况。"史无名蹙起了眉头，"只怕这只是其中的手法之一，因为并不具有普遍性所以并没有被人注意，又或者……"

"什么？"

"又或者那些失踪人的亲属根本不知道他们已经失踪了，以为他们只是正常的外出，比如说去经商——粟特人不是最为擅长经商吗？"

"潜在的没有被发现的受害人……"李忠卿的面色也沉重起来，"而且那个所谓的女神娜娜，我记得我不是第一次从别人口中听到这个名字了……"

"张老爷子提过，他说云真道人和一群信奉这个女神的外族人混在一起。"史无名说，"女神娜娜是拜火教信奉的神灵之一，而巧合的是粟特人大部分人是信奉拜火教的。"

"这些粟特人，果然是需要好好调查一下啊！"李忠卿眯起了眼睛。

"夹在这些粟特人中有一个异类，那就是云真道人，开始我们忽视了这个人，觉得他只是一个寻常的江湖骗子，但是如今看来并不是，很多的线索都集中在他一个人身上。如果明日白天有时间，我们应该亲自去看看他待的那个道观。"

"不错。"

这一晚上接受的信息量有些太大，让史无名也有些疲惫，他揉了揉太阳穴。

"先去休息吧，明天还有的忙。"李忠卿轻轻拍了拍他的肩膀，打发他去休息了。

不过当第二天来临的时候，史无名和李忠卿第一个得到的却是朱彤失踪的消息。

二十

朱彤失踪了。

这姑娘并没有回到她准备要回的地方。

据一大清早找到大理寺来的朱老板说，昨晚她本应该回朱家在青龙坊的一家分号，但是店中的人等了一宿也不见她的人影，去寻找的人只找到了在河中央随波漂荡的一只小船，她本人和艄公都不见了。也是朱家人多势大，竟然就直接让人把这小船运到了大理寺。

史无名和李忠卿去看了那条船，船舱之中除了一摊血迹再无别的痕迹，但是只是那一摊血迹就已经让人莫名胆寒。

而知晓了这件事情的苏雪楼面沉似水，因为他完全不知道自己在客房睡着了后还有这么一出戏上演。

"昨天晚上有个姑娘找了你，然后就失踪了？"

史无名斜了苏雪楼一眼，对他这种满是让人误会的问法嗤之以鼻，知道他在明知故问，但是又不能不理他。

"此女乃是朱青云之女，朱家在西市乃是富豪，也是拥有石敢当的一家，我记得昨日已经和你谈过这件事了。"

我当然知道，只是不知道这家的姑娘能大半夜地跑来找你，我如何不知道你竟然有如此桃花运？——苏雪楼腹诽，但是面上不显。

"原来是他的千金，朱家在商贾中颇为有名，这我是知道的。谁想到人口失踪的案子刚刚有些眉目，这位来提供线索的小姐竟然遭到飞来横祸，犯人也太过胆大妄为了！"

"我怀疑和她来检举的粟特人有关。"史无名蹙紧了眉头，"据她形容，这是一个专门贩卖人口的团伙，手段狡猾多变，只是不知道真假。"

"无论真假，这个线索不能放过。我会找两个得力之人监视这群人，如果他们真的和人口失踪案有关，绝对不能放过他们。今年的七月十五放夜，这种人流往来的日子正是这帮人下手的好时机。"苏雪楼斩钉截铁地说，"我也和那位朱老板谈谈，既然他亲自来了，有些事情还是要和他核实一下。"

史无名点点头。

"难道真的是他的女儿？"李忠卿忍不住低声嘟囔了一句。

"嘘！"史无名对李忠卿做了个噤声的手势，示意他莫急，"先看这朱青云说些什么。"

等候在二堂的朱青云满头是汗，面色发白，双目发红，完全没有日前那种意气风发的模样，他看到史无名一行人过来便急急忙忙地迎过来，纳头便拜。

"求列位大人为草民做主！"

史无名将他搀了起来。

"在苏大人询问你之前，我有一个问题，朱老板为什么会让小姐直接来找我？要知道，大理寺可并不只有我一人。"史无名面无表情地提问。

"这大理寺之中，草民只识得大人一人，自然是来找大人。而且涉及家中后宅阴私，也是羞于对人说出口。昨夜我有应酬，实在不能离开，所以小女就主动提出为在下分忧，我便应允了。"

"那么有什么别的人知道朱小姐的行踪？"

"除了草民，还有那个为她撑船的艄公，他是我们的老家人，完全可以信得过。"

"那么他们离开的那家商铺呢？"

"只有掌柜的，昨天晚上伙计都被打发回家了，但是掌柜的并不知道小女要去干什么。"

"但是如果他是别人的眼线的话，他可以告诉别人你们异于常人的行动，而对方就可以暗中跟踪他们，趁机下手。"

"大人，其实我一直在想，会不会是我的母亲，她知道了我让彤儿来向你们告密，所以就下了手……"

朱青云再也说不下去了，他的表情充满了恐惧和彷徨。史无名觉得他有点可怜——这是一个懦弱胆怯的男人，疼爱自己的子女却又在母亲的权威下苟延残喘不敢反抗，也许最终酿就的就是悲剧。

"还有一种可能性，便是那艄公是内奸！"苏雪楼说。

"艄公是内奸这一点说不通，且不论他是不是朱家的老家人，如果他想阻止朱小姐透露信息，那么应该在她来之前就把她控制住，而不应该在朱小姐见过我们之后才下手。"史无名摇摇头，然后又想到一个问题，转过头看李忠卿，"当然这里还有另外一种可能，前后来接送她的艄公是同一个人吗？"

"夜里太暗了，并没有看清楚。"李忠卿遗憾地摇摇头。

"好吧。"史无名撇了撇嘴，随后把朱青云留给了苏雪楼，和李忠卿走了出去，因为他看到了宫南河在门外朝他悄悄打手势。

"你们要我去查的那个应该在宫中的石敢当的下落，我已经查到了。"宫南河懒洋洋地说，他前几日一直当值，今日休沐，一副轻松愉快的神情，"按照你们的推测，那个石敢当应该在玄武门附近，事实上也确实如此。但是它已经不在那里好多年了，因为它在太宗那一朝就被带到了甘露殿。"

"太宗皇帝为什么会对一个小小的石敢当感兴趣?"

"据说其中还有个缘由。"宫南河压低声音说，"昔年玄武门之变之后，太宗皇帝登上了宝座，但是心中总是隐隐觉得不安。"

闻言史无名露出了一个有些嘲讽的微笑："仅仅是不安吗? 纵然创立江山，杀人无数，也抵不过近在咫尺的骨肉兄弟血溅玄武门吧!"

宫南河也叹息了一声，并没有说其他。皇权更替，血肉倾轧，古往今来莫不如是。

"当年宫中秘密做了很多法事，这个石敢当据说是前朝的东西，年代似乎能追溯到汉朝，有法师说这样物件法力深厚，所以它就被太宗皇帝带到了甘露殿。"随即他的神色变得郑重起来，"可是让我没有想到的是，它也消失不见了！"

"也不见了？"史无名愣了一下。

"这东西并不惹人注意，当今的陛下也并不居住在甘露殿，而且从太宗到我朝年代已久，基本没人去关注一个小小的石敢当，当我去查问的时候才有人想起，但是待我去找的时候却发现已经不见了，但是能看得出被拿走不久，下面回填的土还很新。"宫南河极为郑重地强调，"诸位，能从宫里随随便便带走一样东西可不是一件小事！虽然它既不贵重又不起眼，但是想要把它运出宫墙却并不是一件容易的事情。因为相对于金银珠宝，它的体型又大了点儿，并不好随身携带！所以我真的很好奇，它是怎么不见的！"

"是啊，我也很好奇。竟然连宫中的石敢当也不见了，看来有人是真的想集齐四只神兽啊！"史无名微微眯起了眼睛。

"这个有人指的是云真道人和孙主簿吗？史大哥你觉得他们两个人是一伙儿的？"宫南河追问。

史无名思忖了一下后微微摇了摇头："虽然这两个人目前看来毫无交集，但是也不好说。"

"谁知道这案子竟然变得如此复杂！"苏雪楼虽然刚刚进

来，但是也听了七七八八，更觉得焦躁。

"对了，苏兄，我记得你说过鬼门寮原来是前朝某个卷入谋反的达官贵人的宅邸，能确切查到是谁吗？"

"说起这事情也是奇了，我一直忘记和你们说。"苏雪楼蹙起了眉头，"鬼门寮这宅子问题极大，传闻中它似乎属于前隋，但是实际上并不可考，它就好像凭空出现在那里，我找不到有关它的任何档案！"

"这怎么可能？"史无名一脸不可置信。

"所以我在想，会不会是有人把这东西偷走了。无论是被人偷走，还是从来就没有这个地方的档案，这件事都不简单，不是吗？一个从没有记录却出现在皇城根的大宅，关于它的只有虚无缥缈的传说……"

苏雪楼这话还没说完，身边一个来送茶水的小吏却吓得把茶水都打翻了。

"莫……莫非这宅子真的是从阴间来的？小人听市井之间有很多人都这么说！"

史无名看那小吏被吓得面色发白，叹了口气，也没过多苛责他，而是摆摆手让他下去了，在座的人一时间都陷入了沉默。

难解的谜团似乎越来越多了，比如这查无来处的鬼门寮，莫名消失的石敢当，神秘莫测的鬼市，一群粟特人在天

二十一

子脚下搞人口贩卖的把戏，大理寺的失火，消失的孙主簿，谢家微笑着溺死的公子和谢府中出现的御用之物，哪一件都不是简单的事情。

至于属于东市那家的石敢当，史无名也叫李忠卿派人去瞧了一下，业已早就消失不见，那家人本就没把这当作什么，所以根本就未曾在意。

随后几个人又琐琐碎碎地说起了其他的事情。

"谢家现在在刑部大牢里。"

"我们查出来的却在刑部大牢?"李忠卿表示很不满意。

"这事情如今闹得大，谢侍郎平时也得罪了不少人，刑部侍郎方大人是昔年被抄家的张大人的弟子，恨谢明德恨得要死，这次算是逮到了机会，赶紧把人弄了过去，似乎连京兆府也跟着插了一脚——谢明德的次子是个纨绔子弟，在京兆府中也有积案，只不过从前是被他父亲摆平，如今墙倒众人推……"苏雪楼摊了摊手。

"也是自作孽。"史无名摇了摇头讽刺地笑了，"不过这些都不是我关心的，我关心的是案子。"

"贤弟啊，我真的希望你能永远保持这一份赤子之心。"苏雪楼拍了拍史无名的肩膀说。

史无名斜了苏雪楼一眼，嫌弃地把他的手从肩膀上拿掉。

"那我们去孙主簿家了。"

苏雪楼摆了摆手，放史无名和李忠卿走了。

二十二

去孙主簿家要途经光德坊，两人坐在马上遥遥往坊内望去，只见得坊内熙熙攘攘的人群，一派热闹景象。

"听说那名来告状的军医家的少年王俊原来就住在光德坊的如归客栈，先前他走了登闻鼓这条路子，接状子的京兆府发现这是烫手山芋，立刻就想方设法把这案子转给了大理寺。林大人是老实方正之人，就这么被人给阴了一下，虽然恼怒，但是案子也是要办的。"史无名遥遥指点了一下，"本来晚上一切正常，人也进房间去歇息了，谁知道第二天就发现人不见了，包袱、行李都好好地放在那里。"

"夜间没有外出是吗?"

"前面有伙计在值夜，并没有看见他出去。至于后门，每当入夜为了安全也都是锁上的，钥匙在掌柜的手中。不过那家客栈的院墙并不高，想要自行跳出去也是可能的，所以也不知道他到底是被人带走，还是自己觉得危险藏起来了。"

"为什么怀疑是他自己藏起来的?"

"王俊的身份凭证和路引被苏兄使了个手段扣在了手里，他告的是舒王府，并不是小事，身份定然要查清。可惜就是因为这个，无法判断是不是他自己跑了。一般人都以为，身份凭证被扣，跑无可跑，但是实际上，在性命攸关的情况下，谁还会关心身份凭证和路引呢? 所以一种可能性是他怕有危险自己藏起来了，第二种可能性便是有人抓走了这少年灭口，特意设计了一个这样的局面让我们以为那少年自己跑了。不过让我注意的是，这王俊的失踪发生在谢云亭失踪之前，不知道是不是互相之间有所牵扯。"

"如果这么想，事情可就没个头了，左右这案子也不是我们在查，自有别人用心，多思无益。"李忠卿非常不赞同史无名把自己卷到苏雪楼的案子里，所以把话题引开了，"我倒是想知道罗兴那边的事情查得如何?"

"守卫皇城的兵士说，当日入皇城的的确就是罗家的马车——他家每日都要往来，不可能看错，而且入城的凭证他们更不可能看错。所以说罗兴现在被关押了，他却不知道随身携带的凭证已被偷走，这似乎不太可信。"

"是不是有这种可能，他身边的人，比如说他的老婆或者小妾，趁他睡着或者不备的时候把东西偷出去，然后再偷偷还回来？"

"苏兄不会连这个都想不到，他当天宿在一个妾室的房间，而令我在意的是，那个小妾是个粟特人。"

"粟特人？"李忠卿挑了挑眉头。

"是啊！"史无名撇了撇嘴，"这妾室的日常，除了帮助罗兴做账之外，也会监管一下他的买卖，据说平日也算老实本分，只是偶尔会外出拜神。"

"拜火教？"

"对。"史无名意味深长地点头，"希望别和那位朱小姐提供给我们的那群粟特人有什么关系。"

"总会调查出来的，如果真是这些人搞的鬼，到时候就把他们一锅端了！"李忠卿冷冷地回答。

"只不过此事也并不简单，且不说昨夜我们见的那位朱小姐的身份是不是真的，她失踪的事情显然就有问题。比如说船上的那摊血迹，那摊血迹看起来太规整了，如果朱彤是突然受到袭击，血迹应该是飞溅开来的，但那艘船上太干净了，没有什么挣扎或是争斗的痕迹，更主要的是，那艘船竟然是被朱青云运过来的，纵然他告知了我们发现的地点，但是也算是破坏了现场，一时焦急慌乱忘记了这种借口搪塞我并不接受，朱青云再怎么也是个见多识广的商人。"

"所以你怀疑那是伪造的现场？可是我见那朱青云神情

并不似作伪，伤心着急也是真的。"

"你有没有想过，他让女儿来送消息是真的，而且丢女儿的事情也是真的！"

"咦？"李忠卿当时就愣住了，随即十分机敏地反应过来，"莫非你怀疑是那女子绑了真正的朱彤，然后假冒朱彤给我们送信，最后胁迫朱青云做了这么一出戏？可是她这么做的目的是什么，是让我们把怀疑的视线转到那些粟特人身上？"

"难说。不过我在西市之时看过朱青云手下商铺的掌柜对待他的方式，至少不是那么尊敬，否则不会用那么不敬的语气来谈论他的女儿。不过朱彤失踪案这件事毕竟和你我有所牵扯，理应避嫌，所以先让苏兄派人盯着去吧！"

史无名随后便说起了另外一件事。

"我已经仔细地调查过谢云亭迷恋的那名叫秋月的女子，她自幼被人牙子卖到教坊，原来的名字已经不可考，人是极为聪明伶俐，生得也漂亮，她被送到梨园去找个师父教导，很快琴词歌舞样样精通，在平康坊中也算有名。只可惜不知道是不是前世的冤孽，这秋月偏偏遇上了谢云亭，两个人的关系很快就如蜜里调油，恨不能一时间比翼双飞。谁知道是不是惹得天妒人怨，很快就闹得不欢而散。谢家使了手段要把这女子卖掉，这姑娘没等谢家人下杀手，刚出了京城，就

鬼
门
察

108

在漕渠投了水。"

"谢家还想下杀手？这也太张狂了！"李忠卿讶然。

"是的，这些年他家的出格事又岂止这一件？如今谢昭仪也被控制了起来，墙倒众人推，朝里参谢明德的本子越来越多。刑部的人发了狠，谢家人招出来的事情也越来越多。据说当初谢夫人是派了人去杀秋月的，可惜还没等这下人下手，秋月就跳河了，他连人影都没摸到，只捡到岸边留下的鞋子和绝命书，然后就拿着这些回来讨赏了。"

"这些手段，听了都让人齿冷。不过饶是谢家人再阴狠跋扈，如今也烟消云散了。"李忠卿哼了一声，不以为然，"我想这云真道人大概是用了和秋月外貌相似的女人糊弄了谢云亭。"

"忠卿，如果不是外貌相似的女人，而真的是那位秋月呢？"史无名轻轻地说了一句。

"什么意思？"

"显然，没有人看到过秋月的尸体。对于我们这些办案的人来说，动机是最重要的。就像留在大理寺证物房里的那具尸体，它的作用是顶替孙主簿。留在河边的鞋子和绝命书，作用是告诉世人秋月这个人已经死了。如果这名秋月姑娘只是以此金蝉脱壳，随后满怀恨意地回来，你说会怎么样？"

"她联合了云真道人，对谢云亭进行诈骗然后杀了他?"

"也许不仅仅是诈骗杀人这么简单了。"史无名叹了口气，他心里还有一个更加可怕的想法，"倒是应该让人把从云真道人那里搜来的女人的随身之物让教坊里的人认认，虽然衣服什么的烧得差不多了，但是首饰什么的还在，看看能不能认出来。"

"这倒是对的。"李忠卿一点头，朝身后的人示意了一下，马上就有人去办这件事了。

二十三

"孙主簿在没有来大理寺之前是在鸿胪寺任职，他在那里也是如在大理寺里一样沉闷，怕是上峰觉得他那性格不讨喜，也不好接待外来的使节，所以就把他打发来了大理寺。这人算是个杂家，喜欢自己一个人静悄悄地研究一些杂七杂八的东西，也算是博采众长。因为他不太喜欢和人来往，否则林大人也不会让他负责这个放置证物和卷宗的地方。他平时的消遣不过是游山玩水，或者淘些不太值钱的古玩字画，偶尔会去听听曲子，再就似乎没有什么别的嗜好了。"

孙主簿的家在长兴坊内，家宅十分平常，就如同他这个人一样不惹人注意，家里的人看起来都老实得不得了，几乎就是一问三不知，只知道自己的老爷死了，在那里巴巴地掉眼泪。他的正经家人都在家乡，而在京师的不过是他的一个侍妾罢了，这侍妾看起来畏畏缩缩的，见了人话都说不清楚，更不要提知道孙主簿在外面做了什么了。

看了这些人，史无名顿时觉得自家的崔四完全可以算是别人口中刁钻的下人了——一天到晚油嘴滑舌还会打趣自己。

孙主簿的书房连着卧房，平时他都是在那里休息，那个妾室的屋子他也只是偶尔才去。书房里面的书籍整整齐齐，看起来就如同孙主簿这个人一样，古板又沉默，而书桌上的笔墨倒都是极好的，看起来主人对文房四宝颇为讲究。

书籍里没有信件，书桌下也没有写着关键信息的废纸片。

史无名觉得心有点闷。

无论是这个人还是这个家，都实在是太干净了，干净得让人无从下手，干净得让人产生怀疑。

"孙主簿似乎对历史和山川地理志很有兴趣啊！"李忠卿嘟囔了一句，他随便从书架上抽出了几本书，发现都是地理志或是逸事志怪一类的书籍，书籍和书籍之间还有一张地图——京畿附近的地形图，地图很新，没有什么标记，他便把它随手放到一边。

史无名却看了看那几本书，觉得书保存得很好，看得出有些年头。他走马观花地翻了一下，发现其中被重点翻阅的是汉代时期的事情——因为这些地方阅读的痕迹非常多，比如说卷起的页脚和一些标记。

开始史无名也没有多加在意，觉得这可能只是孙主簿的一个爱好而已，但是当他就要把书放下的时候，他突然在书的内页上发现了一枚小小的印章——很多人会在自己的藏书上印上自己的私印。

"慎思之印——我记得孙主簿的字并不是这个。"史无名皱起眉头。

问那妾室，那侍妾也不知道慎思这个人到底是谁，而且她也不识字，史无名只有让人先把那些书带回去。而问那妾室有关孙主簿的事情，她也是只能结结巴巴地说出一点点。

"最……最近老爷倒是说过要到梨园还有……八角井……对，就是这个名字，到这两个地方看一看，梨园那边有个唱曲特别好的人，据说可比当年的李……李……"

"李龟年。"

"对，是李龟年。"那侍妾回话连头也不敢抬，看她这副模样，史无名忍不住叹气。

"昔年唐明皇选子弟三百，教于梨园，号'皇帝梨园弟子'。宫女数百亦为梨园弟子，居宜春北院。那场变乱过后，这些梨园弟子都风流云散，如今那里也算不上什么高贵场所了。"

"旧时王谢堂前燕，飞入寻常百姓家。"李忠卿不由得跟了一句。

"是啊。现在那里虽然还是梨园，但是已经萧条很久，那里面受教的也不仅仅是从前的宫女或是乐部子弟，还充斥着教坊官伎或是一些私家娼馆送来调教的女孩子。"史无名眯了眯眼睛，"孙主簿在那边有相好的女子吗？"

"妾……妾身不知道。"那侍妾的头垂得更低了，这个问题让她十分局促。

"关于孙主簿家中之事，你还知道什么？比如家中正妻或是其他亲眷好友？"

"家中大娘子和其他亲眷，相公都不曾提起过。虽然妾身也曾经问过，但是相公并不曾回答，妾身怕他心烦，没有敢多问。"

"那你可知道八角井在何处？"

"好像在常乐坊西南隅的景公寺前街。"

"常乐坊在东市的旁边。"李忠卿说了一句，"这个地方

二十三

113

就是其中一个石敢当的所在之地——你曾经让我派人去查过的。那个石敢当的主人是个东市的生意人，在常乐坊居住，他的那个石敢当当年在盘下铺子的时候就在店铺门外，后来不知什么时候就丢了，他也没怎么在意。至于这八角井，倒是有一个有意思的传闻。"

"什么传闻？"

"听说有贵人失手将汲水的用具掉入了井内，谁知道过了一个多月，那用具竟然出现在渭河。"

"这两个地点的位置可是相距甚远！也许……"史无名像是突然想起了什么，意味深长地说了一句，但是他没有继续说下去，而是转过头来继续问那侍妾，"初十那天的晚上，孙主簿有没有在家？"

初十离如今已经过了几天，那侍妾倒是仔细想了一想："回大人的话，那天晚上，我家相公并不在家，那天晚上是他在大理寺当值的日子，他应该在大理寺。"

"可是在十二日晚上大理寺走水的那一天还是孙主簿当值，你就没有怀疑过他为什么相邻的两日都在大理寺当值？"

"妾身以为，是有人和他串了当值的日子吧！"

史无名点头，见也无法再问出什么，便和李忠卿告辞离开了。

"初十那天孙主簿并不当值，这个我倒是知道的。"一出门，李忠卿就忍不住说。

你当然知道，为了和我赌气，特意跑去和别人换了值夜的日子——史无名腹诽道。

"初十他并不在大理寺当值，初十却应该是谢云亭和云真道人死的日子。"

"你的意思难道是孙主簿杀了这两个人？"

"只是在想一种可能，也许在找石敢当的不仅仅是谢云亭和云真道人，或许还有这孙主簿。东市那家的石敢当也许并不是让谢云亭偷走了，而是孙主簿偷走了，然后他发现另外一个属于西市朱家的石敢当作为证物也被收入了大理寺，所以才决定下手。"

"不过如果这么想倒是也奇了，这石敢当身上到底有什么秘密，让大家费尽心机想要得到它们，让孙主簿宁可去找个替身让人以为自己死去，还在大理寺放了把火？"

二十三

"看如今这天色，怕是赶不上落坊门，也许要到那边将就一晚了。"李忠卿看了看天色，忧心忡忡地说。

"左右道观那里也是可以住人的，将就一晚也没什么干系。"史无名从孙主簿家出来似乎就一直心不在焉，他好像一直在想什么事情。

云真道人的道观是一个普通的道观，外表看来毫不起眼，左右都没有住户，后面连着一大片树林。

门外有两个兵丁在把守，自从搜出那些物件之后，这里就被看守住了。

"原来我并没有多在意这个云真道人，可是谁想到这个老道竟然和这么多事情牵扯到了一起，真心不能小觑！"史无名打量着这座道观评价说。

进入正殿，正中供奉着三清的神像，殿堂里的陈设十分陈旧，看不出曾经香火鼎盛的样子。

道观里现在只有个小道童住在里面，这少年模样还算清秀，但是此刻却是一副愁眉苦脸的模样，他似乎已经懒得梳洗，就连脸上的污秽也懒得管。听闻他很想离开，但是又被拘着不能离开，因此他一看到史无名和李忠卿，就立刻迎了上来。

"列位大人，小人什么也不知道呀！"那道童哭哭啼啼地表白自己，"师父出门从来也不告诉我他去干什么，也不会带上我，他做了什么小人也不知道！他的房间平日都是锁着的，就算是在打扫的时候，他老人家也要在旁边盯着。"

"联想到曾经在他房间里搜查出来的那些东西，这一点倒是不难理解。"李忠卿哼了一声。

据小道童说，云真道人基本每天都往外面跑，他在外面交往的人小道童并不清楚，如果有上门能够捞上一笔的香客，云真道人也会装模作样地守在道观里。至于云真道人是不是和女人有不寻常的关系，小道童也说不好，因为有许多香客都是女的，她们与云真道人的交易小道童根本不被允许参与。

史无名只是让兵士把那小道童带到一边，并未责难他，随后对李忠卿说："咱们再进去看看吧。"

云真道人的房间现在是贴着封条锁上的，在上次搜查过后就没有人再进去过了。

但是两个人一进门就发觉事情不对，因为这里明显刚刚被人翻了一遍，所有的东西都乱七八糟的，柜敞箱开，而此时房间的后窗还开着，似乎还能听见有人踩动草叶的沙沙声。

"什么人?!"李忠卿大喝一声，随即跳出窗子，单手抽出钢刀便往那边掠去，跟着他们一起来的两名兵丁跟着他跳窗冲了过去，而剩下那两名原来在守门的兵士跟史无名留在原地，警觉地打量着四周，同时也十分惶恐，他们两个人守在道观之外，里面被人入侵却不知道，这是何等的失职。

奇怪的是李忠卿去了之后竟然许久没有传任何音讯回来，史无名正在忧心，两名兵士也提议跟去看看，可是又怕中了调虎离山之计，正在踌躇之时，从远处传来一声惨叫，在刚刚黑下来的天色里听着十分瘆人，虽然听叫声辨不出到底是谁，但是史无名实在是担心，便带着剩下的两名兵士之一往后面寻去。

道观后的树林蓁蓁莽莽，四周枝蔓藤萝纠缠，只有一条小路通到林子的深处。往林子深处跑了不远，就看到有两个人影，正是刚刚跟着李忠卿的两个兵士。

其中一名兵士倒在地上，腰腹之处受了伤，已经晕厥过去。另一名兵士正在他的身边给他包扎。

"李大人呢?"史无名心上发惊，李忠卿手下的人都是经过他操练捧打的，如此竟然能受了伤，显然来者不善，李忠卿竟然独自去追人，实在是让人担心他的安危。

"李大人往那边追去了！"兵士向东南方一指。

"怎么回事？"

"刚刚我们追到这里，突然有人伏击了我们，刺中了许三，李大人让我守住他自己追过去了。"

"犯人不是一个人？"

"应该是那人的同伙。"

四下情况不明，李忠卿竟然自己就这么追着过去了，史无名一时间又气又急。

他望向兵士指向的方向，但有树木遮挡视线，根本看不到李忠卿的身影。

"大人，要不你守在此处，我去追李大人。"跟着他的兵士这么跟史无名说。

史无名情知自己去了大概也只能添乱，但是如果让他待在这里，他的一颗心几乎都要跳出来。地上的兵士已经陷入了昏迷，伤口虽然不在要害之处，但是不及时施救也肯定是不成的，史无名吩咐留下的那兵士搀着许三到道观内，让他们尽快去寻郎中坊正，并且带更多的人手过来，而剩下的一个人跟着自己往前走去。

虫鸣清亮，半人高的野草丛间，仿佛有未知事物潜伏在内，等待着随时发难。史无名屏住了呼吸，警惕地窥视着周围，但树林里除了黑色的树影之外并没有其他东西。

"什么人？"就在这时，身边的兵士发出一声怒斥。

随后他只看到一个黑影挥着一把钢刀迎面而来。

史无名不由得惊叫一声往后一躲，结果结结实实地坐到了地上，此时他是真真正正恼恨自己的蠢笨，拖累了和他在一起的兵士。

"是你?!"

袭击史无名的人随后露出身形来，正是李忠卿。史无名虽然摔得很疼，但是看到他后不自主地松了一口气，兵士也及时地收了手。

"不是让你老实地待在那边吗？这里多危险！"依然没有放下对周围戒备的李忠卿怒气冲冲地问。

"先别说这个，忠卿，你怎么样？"史无名问李忠卿，他敏感地察觉到李忠卿与来时的状态不同，脚下似乎有些不利落。

"没有关系。"李忠卿无可奈何地摆摆手，"只是一些树木枝条造成的划伤，这里碎石太多，刚刚一脚踩空，似乎有些扭到。那厮腿脚倒是快，竟然在这边一个转眼就不见了。"李忠卿靠在一棵树旁，拒绝了史无名打算搀扶他的手。

"没想到有人会冒险跑来搜索这个道观。"史无名神情严肃地说，"这也就说明上次的搜查并不彻底，还有什么有价值的东西没有被发现!"

两个人走回道观,史无名细心地给李忠卿看了脚,幸运的是并没有伤到筋骨,只是略微有些红肿,应该只是扭到了。

即使史无名拒绝,李忠卿也坚持跟着史无名再次检查了一遍道观,就怕里面还潜伏着什么人。

如今云真道人的房间被翻了几遍,连地上的青砖都被翻开了,也没有发现什么东西,两个人把道观里里外外都看了个遍,最后停在了正殿三清神像前。

"从小道童说出的云真道人日常的行为看,他是一个非常懒惰的人,从不动手做事,而这个小道童,我也不觉得他是什么勤快的孩子。这个道观颇为陈旧,你看那破旧的幡帘,积满灰的神龛,但是有一样东西却完全不同。忠卿,你发现了吗?"

"什么?"

"这大殿里只有这尊老君像的背面是干净的!"

"师父十分尊敬老君,神像都是他亲自擦拭干净的,而且每天都会来焚香祷告。剩下的神像是我擦的,反正背后又没人瞧见……"小道童低着头嗫嚅着说。

"云真道人那样一个怠惰之人,收拾房间都需小道童动手,他竟然会亲自擦拭这里,而且三清之中以正中的元始天

尊为首，但是云真道人却选择了老君……有问题啊！"史无名挑了挑眉毛，随后绕到老君像的背后，

"老君莫怪莫怪！"史无名先稽了一首，随后敲了敲老君像的背面，神像传来了"咚咚"的回响。

"空的！"李忠卿一挑眉。

在老君像的后面发现了一个活动的暗门，里面果然藏了东西，但是里面放置的并非金银财宝，而是两只圆滚滚的石敢当和一张地图。

"噢，这可真就有意思了。"史无名瞪大了眼睛，他看了看上面的神兽，判断出这两个石敢当属于一南一北两个方位的朱雀和玄武。

"一个应该是青龙坊当铺老板的，另外一个竟然是属于皇宫里的！云真道人不过是一个江湖骗子，他是怎么拿到御用之物的？"

"你可真是问住我了，而且显然云真道人担心这三样东西胜过他房间里的财物，也就是说这三样东西有更高的价值。只是我们目前不知道价值是什么。"史无名在鉴定那地图，地图显然有一定的年份，材质是羊皮的，上面是长安附近的地图，但是有些名称和如今不符，"这应该是一张汉代京畿附近的地图，但是从这羊皮和使用的墨看，不超过几十年，应该是后人从汉代地图仿制而来，上面对于一些地点有

标注，但是必须要结合如今的地图一起看才能明了。"

"那么你说另外两个属于一东一西的石敢当是在谁的手中？刚刚的人也是为了这两个石敢当而来？"

"应该就是，你和他们交过手，能摸出底细吗？"

"是练家子，不能小觑，否则怎么可能伤了我们带的兵？"李忠卿提到这个颇有点咬牙切齿，"希望不是那些粟特人！"

二十五

苏雪楼的脸是阴沉的，应该说这些天他的脸从来都没有放晴过，一点也不像他平时那种优哉游哉的性格。这让刚刚给史无名汇报完有关于云真道人房中发现的女人用物的调查结果的小吏溜得飞快，只有宫南河不在乎他的低气压，笑嘻嘻地跟在他身后。

受伤的兵士已经得到了妥善的救治，李忠卿也被苏雪楼打发到了郎中那里看脚，道观后的树林被宫南河带兵拉大网一样搜了一遍，但是并无所获，而这边苏雪楼私下和史无名说了些事情。

"孙府明这厮也不简单啊！"苏雪楼上来就是这么一句。

史无名见苏雪楼已经把孙主簿的名字拿出来直接喊，看来确实是恼得慌了。从前就算是大理寺被火烧，发现了孙主簿的失踪，大家心中还是存着侥幸——也许事情不是像他们揣测的那样，也许孙主簿是被凶徒绑走了呢？可是为什么今天苏雪楼对于他的反应会这么大？

"你拿回来的那几本书上的慎思这个名字，其实是张云方张大人的字！"

"什么？"史无名一愣，这可真的是一种完全意料之外的情况。

"这个小印是张大人的私印，张家被满门抄斩后，家私都被充公，而当年去抄张家的，就是谢明德。张云方学高八斗，而且兴趣广泛，各种书籍都有涉猎，当年查抄他家的时候抄出了几大车的书，这些书都被先帝赐给了谢明德，听说这是谢明德请求的，毕竟，藏金银布帛顶多算是普通的富裕，藏书的数量才能代表一个家族的底蕴，谢明德也是为自己的后代打算。"

"可是本应该在谢家的书为什么会在孙主簿这里，孙主簿和谢明德会不会私下有什么来往？"

"除非是在鸿胪寺的时候和负责礼部的谢明德有过公事

上的往来，私下里，我并不觉得谢明德会愿意和他来往，那人眼高于顶，哪里会看上这种小人物？孙府明又是这种性格，能勾结上才奇怪呢！而且据我们现在调查到的情况看，这两人确实并无往来。所以我猜想，孙府明在大理寺负责文书工作，但是查抄过的东西都是需要他过手登录名册的，会不会是那个时候他夹带走的？"

"我倒是觉得不像，这些书一看就是被人翻看过很多次，孙主簿在上面做过批注，这些批注看墨色就知道绝对不是这两天才做上去的，这些书应该在他手中挺久了。你我都知道，查抄这种事情，很多人都会顺手牵羊的，也许是孙主簿无意中从别人那里得到的这些书。"说到此处，史无名也觉得郁闷，未解的事情真是越来越多了，"无论如何，孙主簿也算是和谢家还有当年的张家扯上了一丝关系。这种发现在这个时候可真的是让人措手不及啊！"

"还有，我私下询问了宫中的太医世上有没有一种药能让人死亡的时候露出笑容。"

史无名立刻瞪大眼睛。

"他们是如何说的？"

"所有的人都不知晓世间有这种毒，除了一个人。你知道，太医院也有些不受重视的边缘人员，可就是这个并不受重视经常行走于各个府衙之间的老太医竟然还真的知道些什么，他隐晦地露了些口风。他说在先帝时，外国某个小国来朝拜，他被派去给他们的一个病人诊脉，那个病人经过长途跋涉后得了重病，眼见得病入膏肓，于是他们就想要自己处决了他。"

"处决？"史无名瞪大了眼睛。

苏雪楼面露鄙夷，道："蛮夷番邦，有的是那些不开化的规矩，他们那个国家，人若是到了老年或是被判定患上无法治愈的疾病，就会被巫师用一种药处死，而这种药是他们的大巫师从一种水边植物里提炼出的，具有可怕的毒性，而且能让人产生幻觉，虽然毒发痛苦，却能让人笑着死去。这个使团不大，也为先帝所不喜，但是他们还是厚着脸皮在长安待了很长时间，据说是因为见了我大唐的繁华，根本不想回去了。"

"也就是说，如果想要弄到这种药，只能从这个使团手中得到，而无巧不成书的是，孙主簿在到大理寺之前曾经待在鸿胪寺，当年舒王之死可能和这种药有关，而谢云亭之死也可能和这种药有关，而那个叫王俊的少年上书说他的父亲给他的信中提及，怀疑有人给一位贵人下毒。这个贵人有可能指的是舒王，也有可能指的是……"

"先帝。"苏雪楼低声说。

"而大理寺又起了火，丢失了和这两个案子有关的卷宗和证物，这可不能说是一种巧合了。既然说到了这个，你有没有打听到关于那个军医还有那个失踪的少年的消息？"

"据说这王军医的医术是极好的，而舒王也对他极为信任，否则也不会把那个熏香球赐给他。舒王平时有恙，也都是私下让他过去诊脉，很少惊动宫中的太医，也许这也暗示了我们另外一个事实，舒王其实并不相信宫中的太医——至少不相信皇帝派过去的太医。"

"至于那个叫王俊的少年，如今还是没有消息，算是生死未卜。舒王赏给他父亲的熏香球为什么会在云真道人那里也不得而知。"苏雪楼长长地叹了口气，一副头痛欲裂的神情，"而宫中现在的排查非常严格，看来我们的陛下终于想要弄清楚他到底丢了多少东西。经过那场变乱，陛下又时常会去洛阳居住，这里很多东西并不是像原来那样管理得非常严格。连他的私服都会被人运出宫，难说刺客哪天不会拿着刀走到他的床边。所以丢东西并不是最大的问题，最大的问题在于，他想知道，东西是通过什么途径流失出去的。"

"也许我知道。"史无名沉默了半晌后回答。

苏雪楼瞪大了眼睛："你知道？你怎么会知道？"

"因为一个在八角井掉落却最后出现在渭河里的汲水用具。"

"一个在八角井丢失的汲水用具，却在渭河中被发现，你说这是为什么？"

"你是说地下有暗河，水路是相通的？"苏雪楼很敏锐地反应过来。

"对了，水路是相通的！有趣的是，目前发生的几件案子大部分都是和水路有关！虽然还有很多东西没有调查明白，但是我有一个初步的想法。"

史无名把长安的地图摊在了桌案上，然后把自己曾经写出地名的那张纸拿了出来，大家便都凑过来看。

鬼门寮，清明渠，困龙井，保宁坊，西市……

他在地图上一个个标注了这些地点，又在后面加了漕渠、甘露殿、八角井和自己的家的地址。

"大家仔细看这几个地方，这几个地方都是有水路相通的。而死亡的两个人，云真道人和谢云亭都是在水中发现的尸体。应该说，事情的开始源于谢云亭的失踪，然后谢家发难，随后谢家却遭了殃。"他一边说一边在纸上写下了谢云亭和谢明德的名字，"刚刚在苏兄你进来之前，下面的人来回报，在云真道人观中搜索到的其中一件首饰被秋月所在教坊的人认出来了，那是一个富商作为缠头送给秋月的，因为样式非常特别，所以有挺多女孩子羡慕。也就是说，秋月和云真道人应该是有勾结的，而这个推论要建立在秋月未死的基础上。"

史无名在纸上写下了秋月和云真道人的名字。

"秋月投水未死？"

"是的，只有秋月没有死，云真道人招魂的把戏才能成功，谢云亭的书童说过，谢云亭见到了秋月的魂魄，并且与她畅谈许久。如果是不熟悉的人，定然会露出破绽。但我又思索，秋月仅仅是因为被抛弃就要冒如此大险对谢云亭下手吗？——注意，谢夫人虽然派人下手，但是这人还没来得及下手，也就是说秋月未必知道谢家想要她的性命，但是她却早早地投水了，以至于后来和云真道人合谋欺骗谢云亭，最后还有可能亲手杀了他，如此痛恨决绝，其中会不会还有其他我们不知道的原因，所以我重新思考了一下秋月的身份。"

他在秋月的名字上画了一个圈。

"昔年谢明德因为与张家结亲的事情结怨，于是借机构陷，先帝一怒之下，将张家满门抄斩，而张家的小姐因为外嫁的地方远，兵士到她夫家居住的地方的时候已经过了一段时间，我看到档案上的记录说，这对夫妻有一个在案发之前就夭折了的女儿。于是我就在想，如果这孩子并未夭折呢？她的年纪恰巧和秋月对得上。"

"这件事当年并未深查，若是真的，大概也是负责的人动了恻隐之心，不愿意为难一个孩子，一般来说，女孩子都被卖到大户人家为奴为婢，或者就被卖到勾栏妓院，未来可想而知，若是偷偷做个好事将这孩子放了，天高皇帝远，别人也无从得知。"苏雪楼叹息了一声。

"是的，如果秋月是这个孩子，如果她是专门为了复仇而来呢？那么一切就有了解释。"史无名敲了敲桌子，"她一开始锁定的目标就是谢云亭，也许最开始她想要嫁入谢家，伺机报复，可惜谢家掐死了这条路，所以她用了另外的方法，你们看，因为她的'死'，谢云亭变得痴了，因为他想要找回逝去的爱人，所以才有神棍云真道人的登场。"

"这是不是有些太巧了，如果谢云亭没有痴呢？"宫南河提出了疑问。

"就算谢云亭没有因为此事变痴，他心中定然会有愧疚和痛苦——毕竟他和秋月是有真感情的，那么云真道人依然可以出场。骗子之所以能行骗成功不正是因为他们能抓住人性的弱点吗？只要谢云亭相信，这场骗局就会成功，他就会花大力气为云真道人寻找他需要的东西，比如说那几个石敢当。"他在纸上又写下了"石敢当"三个字。

"说实话，云真道人为什么一定要选择谢云亭为他收集石敢当，我也曾经觉得诧异，既然这几处的石敢当是一个小书童都能下手偷得到的东西，云真道人没理由不自己动手。"

"那是为什么呢?"宫南河疑惑地问。

"我怀疑其一是为了掩饰自己的目的，毕竟我们现在知道，这四个石敢当身上不知道隐藏着什么样的秘密，云真道人想要掩饰自己得到它们的企图。其二，这四个石敢当中最难得到手的应该是宫中的那个，谢云亭的姐姐谢昭仪在宫中，恰巧非常疼爱这个弟弟，如果谢云亭求了谢昭仪，而由谢昭仪下手，是不是最为稳妥方便?"

"你是说，是谢昭仪弄走了宫中的石敢当，然后借送东西的机会把石敢当给了谢云亭。"

"是的，那时候谢昭仪还风光无限，给自己弟弟偷偷送些东西出宫应该是不会有什么问题的。关于这一点，你可以去尝试询问一下谢昭仪，不过我怀疑，现在这些已经成为她的罪证了。"

"是啊，她现在已经是谢宫人啦！也许过两天，连宫人也不是了。"苏雪楼摆了摆手。

"这石敢当有什么功用暂且存疑，毕竟有太多的人想要

二十六

得到它们了，我有预感，那会是一个极大的秘密。"史无名又在"石敢当"三个字上画了一个圈。

"至于谢云亭设的衣冠冢里为什么会有陛下的私服还有宫中之物，其实很简单，我想云真道人在招魂前曾经告诉谢云亭，凡是水中捞起的东西都可以算作逝者的魂魄，只要把它们带走安葬就可以了。这是市井中对于招魂的一种说法，且并不算秘密。谢云亭在水中捞出了什么呢？就是那些宫中之物，到了这里，栽赃就完成了。而后来，云真道人又换了说法引诱谢云亭，说可以通过鬼门寮进入鬼市为谢云亭带回秋月的灵魂并让她还阳。谢云亭立衣冠冢在前，四处寻找石敢当想进入鬼市在后，而在他找齐了石敢当之后，不知道发生了什么，他和云真道人双双死于非命。"

"但是你还是没有解释谢云亭为什么能在水边捞出宫中的物件，既然是云真道人和秋月布下的骗局，他们是怎样弄出这些东西的？不要说是谢宫人弄出来的，谢宫人如此聪明的女性，给弟弟偷偷运出一个不惹人注意的石敢当倒是有可能，但是让她去偷运陛下的私服和宫中贵重之物，那是绝对不可能的。"

"宫中有人往外走私，这是肯定的。而且能接触到陛下私服，这人职位应该不低！"史无名敏锐地望向苏雪楼，"我觉得你心里怕也是这样想的吧！"

苏雪楼点头："从前不是没有手脚不干净的太监宫女，但是也只敢偷些小物件，连陛下私服都敢偷的……肯定不是小人物，而且这些东西肯定不是从宫门运出来的，守门的侍卫每日不同，他不可能每个都收买到，也不可能次次不让人检查。"

"这条走私的道路应该就是我一直在强调的水路，记得你说过困龙井里的水是源源不断的，那也就意味着在它的下面有一个极大的水流来源，很可能是一条暗河流过那里，而那口困龙井的井口并没有打开过，那么很可能的就是，谢云亭在另外一个地点被杀死，被抛入水中，这水直通暗河，本以为尸体会难以寻找，但是谁想到，竟然很快就浮出了水面，这就如同那个出现在渭河中的汲水用具一样。"

"困龙井与鬼门寮很近，鬼门寮虽然荒废，但是其中的水却是活水，那水中还有锦鲤，当时我还说过只有太液池才有这种品种的锦鲤，这说明那里的水竟然是和宫内通着的！"苏雪楼砰地敲了下桌子。

"是啊，大家不妨来看看这些地点。"史无名点点地图上标注出来的几个地点，"如果这些地方的水是相通的呢？"

"这几个地点都在漕渠与清明渠旁边。漕渠初筑于天宝元年，自南郊分潏河北流，至外郭城西金花门入城，东流经群贤坊至西市西街，又自西市引渠导水，经光德坊、通义坊、通化坊，至开化坊荐福寺东街，向北经务本坊国子监东，进皇城景风门、延喜门入宫城。还有清明渠，清明渠通过广运门和承天门之间的水闸进入太极宫，而龙首渠和漕渠，分别也进入皇城、东宫和大明宫，而你们应该尤其要注意漕渠——因为永安渠、清明渠和龙首渠，都和漕渠有相交的地方，利用好这些水路可以做很多的事情，围绕皇城和宫城的水网萦绕，水路相通，如果有人巧妙地利用了这个——比如说有人善于凫水，能够在水中自由来往……"

"停！史贤弟，问题怎么可能出现在皇城或是宫城里?!"

"恐怕就是出在皇城和宫城。"史无名有些悲悯地望了苏雪楼一眼，"我怀疑有人从皇城的水栅处进出皇城，甚至宫城，而那些宫中之物，应该就是这么流出的!"

"史贤弟，你若说是那鱼苗能从皇城的水栅进出皇城我能相信，但是人绝对不可能！皇城的水栅都是用边长近一个个拳头粗的粗方铁柱直立在那里的，而且两个铁柱之间的缝隙甚窄，怎么可能让人出入?!"

"是不是能让人出入，派人查一查不就知道了吗?"史无名摊了摊手。

"此事非同小可，怎能随便……这不可能！"苏雪楼到现在依然是不可置信地摇着头。

"正是知道此事非同小可所以才要查，如果真的出了事情，怕是很多人的脑袋都要搬家。而且以如今这情形看来，若只是发生了偷窃的事件还好，就怕想潜入皇宫的人目的不在于此，而且我觉得他们借用这条水道的时间已经不短了，没有被人发现，说明宫中肯定有他们的内应，如果是为了行刺的话……"

宫南河和苏雪楼的脸都变白了。

"如果是平时倒还罢了，马上就要到七月十五了，宫中定然有祭祀活动。"史无名又提醒了他们一句。

每年的盂兰盆节，皇家都会送盆到各官寺，不仅各地会献供种种杂物，也会在宫中的内道场开盂兰盆会。设高祖以下七圣位，树建巨幡，书帝名号。自太庙迎入内道场，而百官于光顶门外迎拜，皇帝也会亲至。

"你是说他们想要在中元节有所行动？"

"中元节各家都要祭奠先祖，朝廷和各个寺庙都会有相应的祭祀活动，而且今年的中元节，圣上为了给先帝还有舒王祈福，不仅会开大法会，还会放夜一日。若是这宫城里只是丢失东西倒也罢了，但是如果有心怀歹意之人趁机……"

苏雪楼和宫南河的脸色更加难看了，随即离开了。

当他们回来的时候已经是第二天的下午了，脸上的表情只能用失魂落魄来形容，只说了一句话。

"皇城水下的铁栅果然是断了，而靠近宫门的一个水栅也是!"

二十七

"靠近顺义门的带栅水门,现在水下面其中的两根已经被切断,形成了一个可供人出入的孔洞。"

"如果是顺义门,让我猜猜,走的是清明渠,那么贼人进入宫中应该就是走到广运门和承天门之间的那个水栅,入的是太极宫?"

"对!"苏雪楼失魂落魄地点点头。

"我甚至都想不出这两根铁柱到底是怎么被切断的!"和苏雪楼一同回来的宫南河脸色都有些发白,刚刚听到回报结果后他就一直是这个表情,"上次这铁柱的更换,好像都要追溯到玄宗皇帝那个时候了!如果这个洞从那个时候起就开始存在,那么能潜入皇城里行刺的机会不知道会有多少回了!"

"应该庆幸当今的皇帝陛下很多时候都住在神都洛阳。"苏雪楼说道。

转日水栅就被替换了下来，而被置换下来的铁栅也被送到了大理寺，苏雪楼和大理寺卿一早就被上峰叫走，上面的做派大家隐隐约约都能猜得到，看苏雪楼现在的脸色就知道了。

与不得不和上司打机锋的苏雪楼相比，史无名他们就轻松了许多，他和同僚们正在验看那两根铁栅。

"啧啧，这是生生磨断的啊！"仵作刘老爷子凑热闹看了后说，"当然，也有河水日夜侵蚀的功劳。"

无论打开这缺口的是皇城内的人还是外人，所图的大概都不会是小事。

"能把这两根铁柱切断可非一朝一夕之功，除了要调查当年的工匠和置换铁栅的人——只是玄宗皇帝时候的事情，现在只怕难以找到了，如果说这铁柱不是当初放置的时候就被做了手脚，那么只能是被一点点磨断的，有人潜入水下，一点点地去把它磨断，这大概需要铁杵磨成针的决心。一种多么可怕的耐心……"

"应该是和前朝那场宫廷政变有关。当年宫中有变，金吾卫在玄宗皇帝的带领下入宫捕杀韦后一党，有很多太监宫女仓皇逃命，有人便跳水逃生，金吾卫知道皇城的水路不可能让人轻易逃出，所以便没有下水追捕，而且陆陆续续有人的尸首浮了上来，他们也就没有继续在水路上再花工夫。后

二十七

137

来遭遇安史之乱，皇帝都从长安跑出去了，谁还有工夫管那皇城的水栅呢?!"

"可终究有人了利用这个破绽逃出去了!"史无名轻轻敲了敲桌子，"这个缺口除了那几个用它来逃命的人无人知晓，但是不知道从什么时候开始，这里就变成了走私宫中物品的通道。我们在宫中要找到的这个人，应该有一定年纪，是从前朝变乱中存活至今的老太监或是老宫女或者是当年他们带出来的小太监小宫女，这个人应该是在安史之乱中逃离了皇宫但是在皇帝回来后又主动回来的人。因为忠心受到上面的重用，关键的是此人能接触到陛下的私服。他就是宫中的内应，他属于一个什么样的组织尚且不太清楚，但是对方把这附近的水路形成了一个自己可利用的网络，不管他们的目的是什么，定然不会是好事!"

宫南河和苏雪楼一脸心悸的神情。

"好在我们提前发觉了，否则不知道将来会酝酿出什么样的祸事来。"宫南河心有戚戚地说。

"陛下在宫中大发雷霆，如果是几个小贼，倒也罢了，就怕是内苑之中出现了问题，宫中之人与外人勾结，无论为的是什么，都是所图不小。"苏雪楼的神色十分凝重，大家都陷入沉默，任谁都知道，内苑中的问题，都不会是小问题。虽然一般不为大家所知道，那是因为绝对的权力会将它们掩盖起来。

"在史贤弟没说出刚刚的推论之前，宫中已经处死了几个尚衣局的太监女官，不问缘由，只是他们失职让陛下信不过而已，是否冤屈并不重要。"苏雪楼只是轻描淡写这么一说，谁知道真实情况是怎样的血雨腥风，"谢宫人已经被监禁，就算她一直为自己和谢家喊冤，但是陛下也并没有理睬她，有一点史贤弟说对了，那石敢当确实是她偷走送给谢云亭的，陛下现在疑心她就是宫中的内应，不知道偷了多少东西给谢家，也不知道有多少图谋，她最开始的乖巧伶俐现在在陛下眼中都变成了老谋深算和另有所图……"

对于谢家，所有的变数宛如风暴，须臾而至，顷刻间摧枯拉朽，将一切摧毁得干干净净，纵然曾是高门大户，纵然曾经门庭若市，不过片刻之间，都归于虚无，一切不过是上位者的喜怒而已。

"朝为田舍郎，暮登天子堂，有人一朝富贵，也有人瞬间归于尘埃，世间之事不外乎是。"史无名感叹。

"什么雷霆雨露，皆是君恩。说白了，皇帝才是翻脸翻得最快的人，天子一怒，伏尸百万，流血千里，从古到今，死的大多是无辜的人……"从大理寺出来，李忠卿就嘟囔了这么一句。

史无名一把捂住了他的嘴——这闷油瓶轻易不说话，一

二十七

139

说话就直戳痛处，被有心人听到可怎么办！

李忠卿板着脸不再发表意见，史无名拉着他急急忙忙往回赶，两日不曾回去，倒是有点想家，急着回去沐浴休息，只不过一路上走来发现巡城的兵士显然多了很多。

"这水路一事果然就像把天捅了个窟窿啊，街上巡城的兵士都多了不少！谁能想到皇城和宫城都可以随便进入，岂不让人心惊?!"

"长安，也是经历过战乱啊！而且那是场伤筋动骨的战乱。"史无名叹息了一声，"可惜所有的事情都还没有完结，是谁杀的谢云亭和云真道人还未能确定。最后和谢云亭在一起的必然是云真道人，或者还有秋月。云真道人已然死亡，现在最可疑的就是秋月，可是这个女人现在在哪里呢？如果是她毒死的谢云亭，那么她手中的毒药又是从哪里来的？这些都是谜团啊！"

"这件事说到底，最可怜的倒是那谢云亭，因为爱一个人最后丢失了性命，如此痴情之人，结局却又是如此可悲可叹！"史无名说这话时满是悲哀。"而这件事最可悲之处还在于，它根本没有因为谢云亭的死而完结，他的死只是一切的开始而已。"

"莫要替他人多想了，案子尚未完结，你如何就能确定他是清白的?"李忠卿冷静地打断了他，"明日就是七月十五，你还是想想我们就要去的鬼市吧！"

二十八

七月十五日倒是个晴日——多少天难得一见的晴日，不过却也晴得并不明朗，而且又闷热。白日里各方都在巡查线索且安排布置晚上的行动，一时间案情没有什么进展，到了晚上，在一轮阴惨惨的圆月爬上来后，史无名和李忠卿打算动身了。

因为放夜，街面上到处是人，多的是在进行祭拜的百姓。从街头望去，四处的灯火灿如繁星，五彩斑斓，长安诸寺做花蜡、花瓶、假花果树等，供奉于大殿之前，也会有高僧讲法，更有僧人道士行走街头，做法事超度往生。

整个街道只有他们一辆马车，发出嘎达嘎达的轧路的声响，还有不远处两边人家门前挂着的灯笼发出昏黄的光亮，迎风一吹，发出幽暗的光芒。两人按照约定的时间到达了鬼门寮，在这个七月十五的夜里，更没有人敢接近这里，只是在远远的路口有人烧了纸钱放了祭品。而且为了钓鱼上钩，大理寺早就把本应在这里值守的守卫撤了，整个大宅蹲踞在惨淡的月色中，就像一只埋伏在黑夜中的兽。

宅邸里面黑幽幽阴森森，殿阁在朦胧的月色下显得荒凉破败。风吹过，不知道哪里发出吱吱呀呀的响声，史无名和李忠卿正待仔细辨别时，忽听在宅邸的后院传来零落的脚步声——好似有人在急促地走动。待侧耳听时，却又是寂静一片，只有夜风吹动野草偃伏的瑟瑟声，两人正想抬步往后院走去，突然李忠卿一扯史无名，将他惊了一跳。

"怎么了？"

"那边有人！"李忠卿低声说。

史无名顺着李忠卿示意的方向看去，也是一惊，通向后院的门廊中站着一个全身裹在斗篷里的人，如果不是因为有月光，他就像是一块黑黢黢的石头，见到他们发现了自己，他并不慌张，而是转身便走。

史无名一扯李忠卿，立刻就跟了上去。

那人脚步极快，几下就消失在了这个无人的大宅里。史无名发现自己停下脚的地方正是那块立着鬼门寮石碑的地方。

而这个石碑的下面现在已经放置了一副黑漆漆的棺材。

"这是什么意思？"李忠卿全身都戒备起来。

"张老爷子不是说过，想要去鬼市必须入棺材，所谓既来之则安之，如今这个情况我们还能做些其他什么呢！"

"这个道理我当然明白，只是为什么要进棺材？"他疑惑地问。

"入鬼市，自然要走黄泉路，走黄泉路，当然要先死一回啊！"史无名轻笑了一声回答，"如何，忠卿，敢进去吗？"

"有什么不敢的？"李忠卿哼了一声，随手打开了那棺盖。史无名一咬牙，跳进了棺材，李忠卿也随后跳了进去，再把棺盖盖上。

不久之后，他们听见有人的脚步声传来，随即棺材被人抬了起来。

"如果这帮人下了黑手，我们也算是同生共死了！"史无名忍不住调笑了一句。

"这个关头，别说傻话！"李忠卿闷闷地回了一句，显然有点生气。

这时候，一个声音幽幽地从棺材外面传来。

"青灯照，鬼门开，三途川，入幽冥，大梦一去不复返，三尺黄泉泪茫茫。幽冥谷，黄泉路，世人长存敬畏之心，行路需要噤声闭气，不得外观，违背者皆被孤魂野鬼抓去，有去无回！"

那声音悠悠长长，听起来有些瘆人。

"倒挺会装神弄鬼！"史无名低声嘟囔了一句，随即被李

二十八

143

忠卿捅了一把。

这时候有人把他们抬了起来，上坡下沟，起承转折，他们在棺材里颠簸不已。最后，他们突然感觉自己被扔到了……不是地面，那是水面，因为撞击并不厉害，而且那种摇晃的感觉，如同在船只上。

"我们走了水路。"李忠卿低声说。

"显而易见，大家最近好像都对水路很满意，等等，这棺材里有东西。"史无名说，他在棺材里摸到了点儿东西。

"什么？"

"是面具。看来我们要去的地方是大家彼此不能认出对方相貌的地方。"

"你现在应该担心这东西会不会漏水才对吧！他们不会是把我们扔到了水里然后让我们自生自灭吧？"李忠卿的声音听起来紧张极了，而且还有些神经质，史无名突然想起，李忠卿是个极度晕船的人，虽然这是棺材，但是他也晕啊！

"不，这些粟特人还指着我们赚钱呢！我们似乎在顺着水流走，不知道是不是有绳索牵引，但是……你要干什么？"史无名惊呼了一声，他感到棺材在摇晃，因为李忠卿不安分地爬了起来，不知他是想撬开棺椁的盖子往外看一看还是想去吐一吐。

"小心一点！"史无名努力地让棺椁摇晃得不那么厉害，

李忠卿绝望地躺了回去。

二十九

　　棺椁的盖子并没有被钉死，那些带走他们的人似乎并不在意他们会掀开棺盖——估计很少有人敢这样做。所以史无名很容易就将棺盖撬开了一条缝，他小心翼翼地往外张望了一下，饶是他，也是一惊。

　　"怎么了？"极力维持着棺椁平衡的李忠卿问他，"是什么地方？"

　　"辨不出来。我们的确是在水上，四处都是雾气，无法判断在哪里，周围还有几个棺材，看起来是和我们一样的人。"

　　"和我们一样的人？"李忠卿问了这个问题后立刻捂住了嘴，看起来在极力地让自己别吐出来，"他们从哪里弄来的这些人？"

　　"我推测，他们应该是从各地找来的人，在不同的地点用类似的手法送入这里。"

"三途川，我们进了黄泉……"一声低低的呜咽打断了史无名想要说的话，那声音来自靠他们最近的那口棺材。

"看来这位仁兄未入鬼市前先吓个半死，我都能听到他上牙打下牙的声音哩！实话说来，忠卿，你怕不怕？"史无名有些逗趣地问。

"如果怕，就不会跟着你跑到这里了！"李忠卿从牙缝中挤出了一句话。

"啊，的确。从小到大，你都是胆子最大的一个。"史无名低声笑了一声。

大概一炷香之后，棺材接受了一下撞击，史无名忍不住轻呼了一声，他推了推身边半死不活的李忠卿。

同时，他也听见旁边的几个棺材里似乎也发出了同样的轻呼声。

四周寂静一片，没有任何声响。

"忠卿，我们似乎靠岸了！"

"戴上你们的面具，这里是黄泉路，如果被别人看到你的脸，那么你就会永远留在这里，抓紧时间，你们只有一个时辰。"一个冰冷的声音在棺材外面响起，两边似乎传来了轻轻的哭声，那声音如诉如泣，不可捉摸，似乎在极力表达自己受到的苦痛，然后又戛然而止。

"你怎么看？"史无名低声笑了一声。

"自然是装神弄鬼，哭声是为了掩盖对方离开的脚步声。"李忠卿哼了一声，知道靠岸后，他的精神头显然回来了一点儿，不过看起来还是很不舒服。随后他非常利落地把棺椁的盖子打开了，然后痛痛快快地吐了一场，史无名在一旁很艰难地忍住了自己的笑。

四周好像云雾遮隔，浑茫一片，狐嗥幽凄，阴森凄寒，隐隐约约能辨认出不远处有一些残破的建筑物，远处似乎还有树林隐藏在更黑暗的地方，其中也弥漫着迷迷蒙蒙的雾气。身后是一条河，史无名看到他们的棺材旁边还散落着一些其他的棺材，还有一些巨大粗壮的原木搁浅在岸边，有些棺材的棺盖已经打开，里面的人应该已经进入鬼市，而身边的这几个应该是和他们一起来鬼市的人，他们也都推开棺盖爬了出来，只是大多数人愣愣的，不知道做什么才好。

"别在这里耽误时间，反正我们都是戴着面具的人，大家谁也不认识谁。"李忠卿缓了过来，立刻拽走了史无名。

"其实观察下他们的行为举止和身上的配饰还是能猜出点东西的。"史无名有些意犹未尽地说，不过他还是老老实实地跟着李忠卿往有建筑物的方向走了。

脚下的地面崎岖不平。不远处的黑暗中突然闪出两点幽幽的白光，把众人又是吓得一惊，再走近一些，白光渐近渐分明，竟然是两盏灯笼，外糊白纱，悬挂在门的两侧，门看

二十九

147

起来颇为雄伟，涂着黑漆，嵌着一对卷云边铜门钹，悬挂两枚铜环。沿着门延伸的是无边无际的院墙，上面嵌有浮雕，刻画的是十八层地狱的情景。史无名觉得那并不可能是无边无际，而是黑暗和雾气把它们隐藏了起来。

隔着门能听到人声。

"开门吗？"李忠卿有些犹疑地问。

"都已经到这了这里为什么不开？"史无名说着就推开了那扇门，他看到其他人也都慢慢走过来，但是这个时候也无暇去观察他们了。豁然开启的门就像是打开了某种结界，将一个奇妙诡异的世界展现在他们面前。

这个所谓的鬼市和他们在务本坊所看到的隐藏在黑暗里的鬼市完全不同，它虽然也幽暗神秘，但是却恰到好处地点缀着幽暗的灯火。这里人人都隐藏在斗篷和面具之后，而各个摊的主人有人头上顶着角，有人身后还拖着一条尾巴，有人的长舌头即使戴着面具也遮挡不住，让人望之生畏，但是他们却都在吆喝兜售自己的商品，把这里经营得如同一个真正的市场。

"虽然我一直在告诉自己这是一个骗局，我看到的一切都是假的，但是我从未相信能够看到如此光怪陆离的景象！"史无名忍不住这么评价。

三十

"你看那边有人在卖夜明珠！"史无名有些兴奋地指给李忠卿看，不远处有人在兜售一颗硕大的夜明珠，那夜明珠一看就不是凡品。

"我还看到了些别的东西，比如说古董玉器、珠宝首饰。我觉得有些不错，确实难得一见，但是有些也是大路货。"李忠卿做了个非常客观的评价——他家中多年走镖，见过的好东西自然不少，随后他指了指一个刚从他们身边走过头上长角的人说，"倒是对这些人——或者说这些不知道是人是鬼的家伙，你怎么看？"

"对于不明真相的人来说，这里就是阴间鬼市，这些人自然是鬼神。但是对于我来说，大概就是一群头上戴鹿角腰上绑牛尾巴故弄玄虚的家伙，还能有什么看法？"

史无名一边说一边眼神从一个玉石摆件上划过，那摆件显然是极好，否则史无名不会如此心动，他小心翼翼地将那玉石摆件拿起，看了底下的款，竟然还是前隋的皇家之物。

一问价格，他忍不住吐了吐舌头。

"这些东西很多都世间罕见，你觉得有多大概率是从宫里出来的？"李忠卿悄声问。

"难说，虽然世间难见的珍奇不一定只有宫中才有，但是能在这个街道上有这么多，也实在是令人心惊。"

"那边是什么？"李忠卿指着不远处说，不远处似乎有一个池子，有许多人在那里驻足围观。

"鲛人啊，那里有鲛人！"

史无名身边有一个人非常兴奋地低呼，看身上的服饰应该也是某个世家的公子，他急匆匆地从史无名身边挤过，冲向那边。

史无名也随着往那边走去，果然那边有个池子，在暗淡又迷蒙的灯光中可以朦朦胧胧地看到水中有极长的阴影划过，偶尔露出头颅和尾巴的一角，便能引起围观之人的一阵阵惊呼。

"传说南海之外有鲛人，水居如鱼，当它哭泣的时候眼睛里能流出珍珠，状如人，皆为美丽女子，皮肉洁白如玉，身上无鳞，发如马尾，长五六尺。如今看来，的确是这样。"

"奇货可居。"李忠卿点点头。

可惜这鲛人并不是贩卖品，只是给人观赏的，但是旁边却有人卖据说是鲛人哭出来的珍珠，即使价格奇高，一时间也有很多人去购买。

史无名轻轻摇了摇头，神色颇不以为然。

"你不相信这个是真的鲛人之珠？"李忠卿对史无名极为了解，一看他的神色，就知道他在想什么。

"是啊。若是那鲛人是贩卖品，我倒是相信是真的了。可惜这是个噱头，为的就是卖那些珍珠。在这样光线和氛围都不清楚的情况下，你怎么能肯定那就是真正的鲛人呢？若是选择擅长水性之人，穿上鱼皮做成的鱼尾，在水中游来游去，听闻南海那边的采珠娘都可以做到这一点。"

"你这么想确实有可能，但是看来已经唬住了很多人。"

"其实这边的鬼市和务本坊那边的鬼市并无差别，只是故弄玄虚的手段更多一些罢了！话说回来，崔四似乎还没有找到是谁卖给他东西的。"

"哪里那么容易，黑市本来就多为销赃的场所，里面的人身上未必干净，谁敢每天都在那里露面呢！"李忠卿摇摇头说。

"是啊。"

此刻他们路过一个摊子，这摊子前倒是冷冷清清不见有人，只有扑鼻而来的药气，显然是一个卖药的。

史无名对于岐黄之术有一定的研究，所以忍不住停下了脚步。

"需要什么？千年的山参，万年的灵芝，这里什么都有。"那摊主冷冰冰地问，微微借光看他的脸庞，也是让人吓得一跳，可怖的面具下拖着一条长舌头，李忠卿怀疑这摊子前门可罗雀大概就是因为如此。

可惜史无名对此完全无感，对于摊主的话也是嗤之以鼻，千年万年不过是个名头而已，还真的有人看到它长了千年万年了？如果真的长那么长的舌头，话都没法说，还能吐字那么清楚？面具不过是为了遮掩他其实没有那么长的舌头罢了！

"那么说也有能医治死人的灵药？"史无名闲闲地一问。

"这个自然是有，只是不知道阁下能不能出得起价钱。"那商贩傲然说。

史无名和李忠卿对视一眼，觉得颇为有趣。

"口说无凭，可否一试？"

"此等神药，万金难求，足下确定一试？"一边说着这话，对方一边伸出手来，意为若想试药，先拿钱来。

史无名哂然一笑，摆了摆手，倒是旁边的李忠卿突然问了一句。

"你这里可有毒药？"

"自然是有，这鬼市之上，什么没有！"摊主冷声答道。

"那么，有能让人笑着死去的药吗？"

那摊主似是愣了一下，并没有立刻回答。

"还标榜什么都有，果然是盛名之下其实难副！"李忠卿冷笑一声，拉着史无名就要走。

他不过是想气一气这摊主，谁知道那摊主竟然接了口。

"怎么没有？！此药名为'笑忘生'，能让死者含笑而逝，且让人查不出毒理，只是此药价值千金，倒是不知道你们能不能拿出这些钱来？！"

史无名和李忠卿皆是一愣，脚步停下对视一眼，这里竟然有这等药！

三十一

"不过是千金，又有什么值当。"史无名转回摊子前，从银袋子里露出了银票的一角，淡然地说，"若是真的能拿出来，本公子给你这千金又有何妨。"

看史无名如此痛快，那老板倒是有些迟疑了。

"我听闻此药产于异国番邦，从水边生长的草木中得到，是也不是？"史无名漫不经心地问了一句。

老板显然有些讶异："没想到公子对此药的来历倒是清楚。"

"本来是想碰碰运气。"史无名轻笑一声，他低头看了看自己手指，动作微微停顿了一下，给人的感觉似乎是在思索谋划什么，颇有一副老谋深算的派头，"得到它自然是有我自己的用处，因此钱倒是次要的了。"

"此药需要派人去取来，你二人可在此处等待。"摊主终于松了口。

"贵主人自可以派人前去取药，时间宝贵，我等还要在附近走走，一会儿回来取药，敬请阁下放心，银钱分文不少。"史无名恰到好处地表现出一种得偿所愿的愉快。

"左右你们闹不成花样，那就一会儿来取！"那摊主点点头。

两人离开前看到那摊主对路边上一个鬼差打扮的人做了个手势，那人便飞快地去了。

"一举一动都透着人气儿，还非要说自己是鬼神。只不过倒是有意外收获，没想到他们竟然真的会有那种毒药。在他们心里，我现在大概就是某个要搞阴谋诡计毒杀某个人的人吧！因为觉得我和他们一样阴暗见不得光，所以才会放心地把药卖给我。"

李忠卿对此不置可否，他心中想着多亏大家都戴着面具，否则你会不会马上露馅都不一定，哪里像个做坏事的人？

"他们从哪里搞到这种药的？"

"粟特人四方行走寻找商机，也许真的就搞到了这种药。而我现在思虑的是，谢云亭或者是舒王的死亡是不是真的和这种药有关，而且毒死他们的人会不会是在这里搞到的药，又或者……"

"又或者就是与办这个鬼市有干系的人毒死他们的。"李忠卿十分了然地接口。

"是啊！"史无名叹息了一声，"我们似乎处于一个庞大的棋局当中，如今只能窥得一隅，站在局中茫然四顾，不知落子何方。"

"先走得眼前一步才是真的，一会儿那药取来，你真的要买？"李忠卿有些担心他们准备的钱不够，他们可没真的带了那些钱，"实在不行……"他绷紧了自己声音，虽然没说下去，但是也用肢体语言充分表达了钱不够也可以抢过来的想法。

阁下不大不小也是个朝廷官员啊，求你不要总是有绿林强盗的习气！——史无名特别想这么告诉他。

"而且你如何判断那药是真是假？不毒死一个人，谁知道那药是真是假！"

"诚然。"史无名摇头苦笑，"这也是他们的精明之处，就算他们卖的是假货，买主想要再找到这个地方简直难上加难！而且谁敢找鬼神的麻烦？"

"那要怎么办？"

"不如我们来考虑一下这个地方是哪里，和我们要怎么离开，毕竟我们不是真的来逛鬼市的。"史无名一边说一边想避开人群往人少的地方去。但是李忠卿却皱了皱眉，他感觉这个地方似乎有不少眼睛在盯着。李忠卿拉住史无名，对他微微摇了摇头，随后带着他挤到人比较多的地方，然后顺着人流到了某个有遮挡的地方——那是面倾塌了一面的墙，前面有几棵树，墙后通向树林。李忠卿扯着史无名闪身躲入墙后，然后快速地进入了树林里。

树林里幽暗寂静，天上的月色本就不明，而其中还弥漫着若有似无的雾气，也不知道林子的尽头在哪里，远处似乎传来了野兽的呜咽声，偶然身边夜鸟惊飞，让两个人心上都是一惊，觉得在暗夜中进行这种探索似乎有些不太明智。

"既然很难辨认方向，那么还是先到这里吧！"两人走了一段路后找了僻静的地方停下了脚步。

"忠卿，我觉得这里应该是长安城外的某个地方。"

"你说这里是长安城外？那我们是如何出城的？"李忠卿觉得不可置信。

"刚刚上岸的时候，你没发现那些棺材的边上有很多原木吗？我们是混着那些原木一起出城的。为了修建宫殿或是陵寝这样的大型建筑物，历代的工匠会从附近的山上砍伐原木，那些巨大的木头，顺着水流运送到长安各处，因为白日里放下原木，会阻碍水道上的船只，所以只能晚上将木头放下，外表黑漆漆的棺木混在其中就不会惹人注意了。"

"那么我们入水应该在漕渠、永安渠或是清明渠其中的一条。"李忠卿也跟着这个思路思考，"不对，不会是漕渠或是清明渠，因为这两条水渠最后都是通向皇城，深入大内，那么会不会是永安渠？"

"我也觉得是永安渠，漂了这么长时间，这里怕是到了河里。"史无名点点头，眯着眼睛看着四周说，"八水绕长安，这里怕是漕渠或是渭水的支流，毕竟是和永安渠有相通之处的。而且记不记得那些歌声，从我目前推测出的方位看，我怀疑那是经过了梨园，只要找歌者站在河边歌唱就能制造出那种效果。"

"梨园里有人参与了这件事？"

"如今的梨园可不是玄宗皇帝那个时候的梨园了，那里现在三教九流，良莠混杂，更何况人为财死鸟为食亡，参与到这样的事情里也不稀奇。"

"我记得孙主簿也喜欢往那里跑。"李忠卿说，"莫非那里真的有什么古怪?"

"此间事了,倒是真的应该去看看。既然我们能够确定这是人伪造出来的,既然这里有建筑物,那么这里一定会有路,除了水路之外,肯定还有别的出路。"说着说着,史无名便蹲下身寻了个带尖的石头往身边的树上划去。

"你在做什么?"

"当然是做个记号,现在是夜晚,视线不清,将来我们白日里还要来找这个地方,自然要做一个记号。"

"可是我有这个!"

李忠卿掏出了匕首。

"忠卿,我真的想知道你带了多少东西……"史无名叹了口气,把那块石头扔掉了,专心看李忠卿做记号。

而就在这时,他们忽然听到远处似乎传来了奇异的叫声,像是夜枭,又像是某种不知名的猛兽,显得恐怖阴森。而他们刚刚还能远远望见鬼市上的朦朦胧胧的灯火,竟然在一瞬间全部都灭掉了,而刚刚还能依稀听到的人声,竟然也全都消失不见,四下里陷入了一片诡异的寂静。

"怎么会突然没有声响了？"史无名怔怔地问。

此刻林间的雾气渐渐变浓，慢慢地将周围的景物一点点吞噬。

借着雾气的遮掩，两个人小心翼翼地回到了那围墙附近，眼前的情景让他们蓦然一愣。

"无名，你看到了吗？这个鬼市消失了！"李忠卿难得地出现了一个怔住了的表情，这是他长大之后，史无名很少在他脸上看到的神情。

刚才那个热热闹闹人来人往的地方，现在已经变成了一大片空地，刚刚到处都是的摊贩、商品，还有来来往往的买家，都已经消失不见，四下无人，只有雾霭茫茫和残垣断壁在其中招摇。

"如果不是亲眼所见，简直不能够相信自己的眼睛，严格算来，也并未到一个时辰，到底出了什么变故变成这样？"史无名喃喃地说。

李忠卿很想四处探寻一番，但是史无名却怕这里有埋伏，拉着他寻了个隐蔽的地方。

大雾能阻挡别人的视线，也会让自己视线不清，两人都感觉颇为被动，这让史无名非常紧张。而李忠卿依然能用他敏锐的武者神经感受到有人在浓雾中搜寻着什么，他甚至看到一个身穿黑斗篷的人从自己不远处走过，但是得益于雾气的遮挡，并没有让他们被发现。

"这些人是在搜寻是不是有漏网之鱼——比如你我，恐怕这些人对于来鬼市的人都会有监视，以便于在鬼市结束的时候把他们弄出这里，我们的突然消失怕也是惊动他们的一个诱因，而且我怀疑是我们刚刚问那药出了纰漏，毕竟谢云亭之死可能和这药有关，还有那王俊走登闻鼓寻父这件事牵扯很大，而舒王之死也有颇多疑点在内。如果舒王之死真的与这药有关，也无怪他们警觉。"史无名皱着眉头说，"不可与他们迎头碰上，只怕来意不善！"

"但那些和我们一起来的人都到哪里去了呢？就算有浓雾作为屏障，也不该片刻间就消失不见。"李忠卿忍不住喃喃地说了一句，"而且从前入鬼市的人都是如何回去的？"

"既然从前没有出现什么乱子，肯定都是没有意外情况发生，否则京兆府早就闹得不可开交。毕竟能进入这里的，除了那些希望以身家性命换取东西的人，肯定都是有钱人，只是我怕这次突发之事会让这些人在撤离的时候挟持那些人。"

"挟持?"李忠卿一惊。

"是啊,如果把他们扔进棺材原路返回,这是最好的情况。如果打昏了扔在哪里,这也算不错,就怕这些人心一狠手一黑要了他们的性命——这些人来鬼市,肯定带了不少黄金白银!又或者直接把这些人当作肉票,勒索他们的家人。因此我现在也只盼他们贪心不足又惧怕这些人背后的家世,只是劫个财而已。"

"可是这些人为什么会骤然发难带走了人还收了鬼市?仅仅是因为我们两个人的问题吗?"

"怕是长安城里的事事发了吧!"史无名眯着眼睛思忖了一下说。

"咦?!"李忠卿的眼睛瞪得浑圆,"你是说,真的有人想要趁机对皇帝……"他做了个刺杀的手势。

"一切还很难说,唯一能确定的是,昨日那么热闹的晚上,那些人贩子也应该开始迫不及待地下手,希望宫南河他们不会让人失望。"

每年的节庆日,比如上元节,这种可以放夜的日子,街上人流如织,正是人贩子下手的时机,因此即使是金吾卫再加强巡视,每年也会有多起案子发生。

他们两个人来到这个莫测的鬼市，而留在长安的人也并不轻松。而为了不打草惊蛇，史无名并没有让人跟踪他们，苏雪楼现在大概要担心死了。

"我有一个小小的推测——有关于这个地方。"史无名调整了一下自己的姿势，刚刚他的屁股下面垫着一块缺角的瓦当，实在是不舒服极了，所以他就把瓦当抽了出来。因为四下情况不明，所以他不敢贸然打起火折子，只是下意识地抚摸了下瓦当的花纹，随后发觉不对，立即又仔仔细细地摸过，最后得出了一个结论："如果我没有判断错，这是汉代长安城某个地方的遗迹。"

"什么？"李忠卿觉得自己可能听错了，又问了一遍。

"汉代长安城。"史无名好脾气地重复了一遍，随后把那块瓦当递给了李忠卿，李忠卿接了过去随手收了起来，反正他也看不出什么名堂，不如给史无名收着，将来可以当作证据。

"典型的汉代瓦当。秦砖汉瓦，特色分明。可惜从汉至今，岁月悠长，无论什么样雄伟的建筑在雨打风吹里也只剩下残垣断壁，而在多年之后，有人利用了这里，把这个残余的建筑改造成了这个鬼市，此地处于山坳之中，远离人烟，不易被人发觉。"

"但是这也无法解释所有人是如何一瞬间消失不见的！"

"是啊，确实如此，这真是个谜团！"史无名有些茫然地回答，一时间也想不出什么所以然，"而且我是真的很想知道这个'笑忘生'到底是什么样。"他喃喃地说。

"那已经不是最为紧要的事情了。目前还有一个问题非常现实，就是我们两个要怎么回去？沿着水路回去显然不太可能，我们刚刚是顺流而出，若是想回去必然要逆流而上，不太可取。"

"是啊，而且你还晕船！"史无名揶揄了一句，"我们如今只能安心地等待天明，这雾气不可能终日不散，等到天明自然就能辨明方向，那样显然更安全！"

李忠卿高冷地哼了一声表示同意，史无名更是忍俊不禁，为了李忠卿的面子，他扯了另外一个话题。

"我觉得这里贩卖的货物，有一些是赃物，比如说从宫中流失出来的物品，又或者是被走私来的物品，还有的就是他们收集上来的物品，但是却以此作为噱头兜售出去，比如说那些珍珠，如果在平常的市面上流通，价值不过尔尔，但是在这里挂上鲛人的名号，就能价高几倍！虽然他们对外挂着名号，说限制到这里来的人，但是你看看刚刚的鬼市，除了他们自己的人，被诓来的买家也是不少，这一场鬼市下来，成交的金额不知道会有多少。粟特人天生是商人，果然如此！"

"可是依然不能解释那些人为何会突然消失。"李忠卿锲而不舍地纠结这个问题。

"你有没有听过这句话——若阙地及泉，隧而相见。"史无名思考了一下说。"这是《左传·隐公元年》中的句子，你是说这里有地道？"李忠卿立刻醒悟过来。

"是啊，有传闻在汉代，长乐未央宫的每个宫室下都有密道，不知道如今的皇宫里……"

"你在暗示什么？"李忠卿压低声音问，"千万不要说如今的宫城里也是这样，宫室之间彼此有密道或是还有通往宫外的密道！"

"如今的皇宫里有没有我们不得而知，但是目前来说，所有的人和物突然消失这应该算是一个合理的解释，想在这个山中密林里徒步离开，没有一点声响和光亮是不可能的。"

"那……我们要找这些密道离开吗？"

"现在太危险了，至少要等这些人离去，还有林间的雾气散去才行！"

三十三

史无名猛然惊醒，耳边传来的都是鸟雀的叫声，身上盖的是李忠卿的外衫，身后依靠的是一棵大树。

而李忠卿本人倒是不知道哪里去了，四周已经明亮起来，早晨的阳光透过树叶照进来，雾气慢慢变得稀薄，只是四周都是高树，无法看到更远的地方。

他环视四周，在阳光下，这里看起来完全没有昨夜的阴森。

"果然就是人间，哪有那么多鬼蜮之地！"史无名摇头笑道，但是他能够理解那些人为什么会选这里作为鬼市，因为这个遗址处于一片树林的中央，这给它做了很好的隐藏。

"完全没有人了！"

四处搜寻了一番确定四下安全后，李忠卿说，其实他在昨天晚上史无名挺不住睡着后就发觉那些人已经退去了，只不过他依然不放心。

"我刚刚到了河边，我们来时用的那些棺材也都不见了。"

"将那些棺材隐藏起来非常简单，只需要把它们再次推入河里，然后在某个水湾处拦下它们即可，我相信我们昨天晚上在河上的时候是有船只在河上引导的！"

两个人一边说一边走回了那个遗址。

史无名从残余的建筑物的制式上判断这里应该属于汉代，但具体是哪一朝还无法判断，而当他找到第二块完好的瓦当，再急急忙忙地把昨晚李忠卿收起来的那块拿出来重新看了后，他的神色凝重了起来。

"怎么了？"

"我昨晚说错了，这不是汉代的瓦当，而是王莽所创新朝的瓦当！"史无名因为自己的判断失误显得颇为懊恼。

李忠卿对这种小小的失误不以为意，在他看来，那并没有什么不同，一个存在不过十几年的王朝，有什么值得特别注意的呢？

"如此，你是凭借什么判断出来的？"

"昨天晚上视觉不明，所以没有看到细节，王莽时期流行一种四神瓦当，即在瓦当上面绘烧四神，并在其中增加内链，用以表示东、南、西、北，你看，这就是我刚刚提到的内链。"史无名将瓦当的细节指给李忠卿看，"而在宫殿建筑上，这些四神的瓦当会被分施于东、西、南、北不同方位的殿阁之上。"

"那么这里会是王莽时候的什么地方?"

"那个时候,人们更深信四神与天地万物、阴阳五德关系密切,它们有护佑四方的神力,于是颇为好古的王莽特以四神瓦当装饰其宗庙,祈望以此驱邪镇宅,保佑宗庙乃至社稷江山永固,可以说这种四神瓦当为王莽九庙专用。所以我在想,这里会不会是王莽的宗庙。"

"可是据我所知,他的宗庙和明堂还有辟雍等诸礼制建筑被绿林军付之一炬,而他的九庙所在地址可是在一个村庄附近——离长安城不远的地方,我们冬天的时候还曾经在那附近走过,而这里显然不是。"

"是啊,显然不是。"史无名有些失望地叹了口气。

"所以我们还是快找密道的入口吧!"

李忠卿是个行动派,他已经开始寻找密道的入口了,史无名也立刻开始帮忙,最后他先一步发现了蛛丝马迹。

"忠卿,你看这些杂乱的脚印,它们没有汇集到一处,而是分为几部分分散开去,所以我倾向地下通道的入口并不止一处。"

"但是这些人肯定会处理入口附近的脚印。"

"正是这样才更容易找到,别忘记他们离开得极为匆忙,如果脚印到了哪里突兀消失,那么入口一定会在附近,比如说这里！"史无名敲了敲他身边的一块石头。

眼前的地方曾经是个主体建筑，这从残留的廊柱还有基石上可以看出来，地面上还能看到当年铺设的青石板，其中的缝隙间长满了杂草和青苔，而这建筑的周围长满了灌木丛，能够很好地隐藏它。

"上面有打滑的痕迹，最近下了雨。"李忠卿仔细看了后说，"他们为了消除痕迹，会清扫脚印和灰尘，但是最近多雨，也就是从昨日起才开始放晴，泥土还是湿润的。而且这是在林间，雾气更加重了这一点，所以人走在上面会留下带泥土的脚印，这个人显然滑了一下。也就是说如果有密道，它就隐藏在这建筑的下面。只是我不明白，汉代的人为什么会在自己的宫室下面修建密室和通道？"

"据说是为了避免刺杀还有政治上的密谋，当然，也有说是为了和情人相会，很难想象吧，那可是皇宫！"史无名摊了摊手。

李忠卿倒是觉得这个解释并无特别惊奇之处，道："没有什么难想象的，在皇权之下，什么都有可能发生，皇宫里大概是世界上最龌龊的地方。"

"感谢这是荒郊野外四下无人，否则你这话被人听到了也是要命的事情！"史无名如同小时候一样故作生气地点了点李忠卿的额头。

"不是因为只有我们二人我才说的吗！"李忠卿不以为然地撇撇嘴，随后指着脚下的一块石板说，"这块石板和石板之间的缝隙中的青苔和别处不同，缝隙与缝隙之间更光滑，青苔更少，中间也不像是别的砖缝间生长着细小的青草，这正是因为经常开启造成的，敲一敲会听到空洞的回声，说明下面是空的。"

"没错！"史无名满意地点点头。

"那么现在有个问题，我们是冒险从这里进去，还是尝试走出树林？毕竟现在可以辨别方向了。"

"不入虎穴，焉得虎子！"史无名思索了片刻说，"我们都已经到了这里，不一探究竟怎能甘心？！"

三十四

就在史无名到处找能够打开这块石板的方法的时候，石板那边传来一声极大的响声，把史无名吓了一跳。

石板竟然被李忠卿生生地撬开了。

"这种暗门下面大多是用绷簧和铰链把它关合，汉代的

169

东西留到现在能有多结实？所以我就先用匕首撬了一条缝，然后一点点地垫上石块树枝，等到缝隙足够大的时候，那边有根废弃的铁条，我就用它把石板撬起来了。"

"……"史无名默默无语，半晌后说了一句，"我们下去吧！"

"我先下去。"李忠卿拦住了史无名，一个手无缚鸡之力的书生，竟然还想事事抢在前面，李忠卿很是不满。

所以他先跳了下去，用火折子点燃了下面备用的火把，把四周的环境摸清后才让史无名跳了下来。

下面没有人，这是一条幽暗的密道，看得出有很长的岁月了，但是里面修缮得很好，显然是今人做的。

"我觉得非常奇怪。"史无名一面走一面说。

"什么地方奇怪？"

"这密道也过于宽敞了，一般来说，这种通道只为过人，而这下面的密道，宽阔得几乎都能过一辆车，又不是地宫，修建得这么宽敞是为了什么？这要消耗多少人力物力！这么大规模的工程，当年也应该有所记载。"

"那些是回去后才要去查的东西，你看这地上凌乱的脚印，还有拖拽的痕迹，这一切都证实这些人离开得极为慌乱。"李忠卿更是注意地面的痕迹。

"是啊，你看，墙壁上还有壁画……"史无名和李忠卿两个人的关注点简直就不在一条线上！

壁画的颜色已经十分斑驳，只能大致看出一些内容，难为了史无名在这种光线并不明朗的情况下还能看得那么仔细。

"我看不出什么。"李忠卿撇了撇嘴，"你知道我并不擅长这个，于我来说，这里与外面的任何一面墙都没有区别！"

"这上面画的是王莽的所作所为，在为他歌功颂德，也就是说，这里确实是一个和王莽有关的建筑，说起王莽……"史无名说着说着就陷入了沉思。

"怎么了？"

"你还记不记得困龙井？"史无名问了李忠卿另外一个问题。

"当然记得，谢云亭尸体被发现的那个井嘛！"

"那口井得名的原因是传说有未曾化龙的恶蟒被镇压在那里。说起长安这块地方，你觉得最凶恶的恶蟒会是谁？"

李忠卿听到这个问题，显得非常茫然，谁会是长安中最凶恶的恶蟒？难道是长安城里某个帮会中的地头蛇吗？

"是王莽。"史无名看到了他的茫然，有些忍俊不禁，随后便揭晓了答案。

"为什么？"李忠卿忍不住问了一句。

"你难道不知道高祖斩蟒的传说？"史无名微微一笑，

"这故事可是蛮有名的呢！传说当年刘邦四处巡查的时候，途经一处，有巨蟒拦住了道路，口吐人言，说自己已经修炼千年，希望借真龙天子之口御封让自己登仙化龙。可惜那时恰逢刘邦酒醉，闻言大怒，斥责那巨蟒区区妖怪也想登仙化龙，随即抽出宝剑向那巨蟒砍去。巨蟒受伤，在山谷中痛苦地翻滚，三天三夜才死去，他流出的血，在沟壑中形成了一个'王'字，所以有人说，王莽的前世就是那条巨蟒，篡夺汉室江山就是为了报当年的一剑之仇！"

"没来由地砍人一剑，被恨上也不奇怪。"李忠卿对这个故事不以为意，"这个故事和我们目前的状况有什么关系呢？"

史无名苦笑，有些自嘲地摇摇头。

"是啊，似乎暂时没有什么关系，只是有感而发而已，比起王莽的传说，的确是能知道这里的准确方位会更好！"

"那需要先找到出口才行，到了地面才更好判断，现在问题来了，我们眼前有一处岔路。"李忠卿提醒了一下，"我们要如何取舍？"

摆在他们面前的有两条路，都是通向不知名的远方，也代表不知名的危险，所以选择需要很慎重。

于是史无名仔细地观察了一下那两条路。

"从地上青砖的磨损情况还有角落里积下的灰尘来看，

我们刚刚走过的这条路实际上使用不多，可能只是为了往来使用。而左面那条亦然，看来也是偶尔使用，只是中间被来往的人踩到露出青石的地面，但是有样东西却让我十分在意，你看这个！"

那是一个很小的脚印，因为踩在靠近墙边的灰尘处，所以才得以保留。

"看起来应该是一个小孩子的。"

"是的，而且还能发现这条路的地上有一些细小的食物残渣，而且仔细闻闻，多多少少残留一点难闻的气味，这应该是人排泄过残留的味道。"

"有人在这里生活过？"

李忠卿皱了皱眉头，同时加紧了戒备。

"显然。而右边的那条显然是一个主道，来来往往的人很多，甚至还能看到车辙泥土的痕迹，那些从鬼市离开的人应该走的是右边，也就是说，右边那条路有出口。"

"那我们走右边？"

"我却想往左边那条路走一走。"史无名摇摇头。

"等等，如果这是那群人生活的地方，现在过去会不会是自投罗网？"李忠卿拉住了史无名。

"我倒不觉得是他们生活的地方，粟特人能吃苦不假，但是他们也喜欢享受，这里如此接近繁华之地长安，他们为何要在这里生活？"

"嗯，为了保守鬼市这个秘密？"

"可以作为其中的一个理由。只是这里看起来并不像是经常使用的样子，而且谁会带小孩子在地底生活。我倒是觉得这里更像是一个监禁的地方，想想那位来告密的朱小姐的话，粟特人还在干什么勾当？"

"贩卖人口！"李忠卿一惊。

"对，贩卖人口！人贩子弄到了一批人后一定要有一个地方圈禁他们，如果这里是粟特人的一个秘密地点呢？"

"那些失踪的人、被诱拐的人被送到了这里，监禁后统一运走贩卖，那此处确实应该好好探寻一下！"李忠卿点点头。

两个人便顺着这条路往前走了两步。

"忠卿，你有没有听到？前面似乎有声音！"史无名突然拉住了他。

"嗯？"李忠卿不明所以。

"嘘！"史无名做了个噤声的手势，侧头倾听。

黑暗里传来了某种呜咽的声音，听起来好像是谁在哭泣又像是谁在呻吟。

两个人交换了一下眼神，朝传出声音的地方摸了过去。

三十五

再往里走，发现了一排囚室，外面的房间都没有人，只有最里面的囚室里有一个人。那是一个少年，浑身脏兮兮的，身上的衣服已经看不出原来的颜色，他本来蜷缩在角落里，任史无名怎么叫他都不理，却在李忠卿暴力弄开牢门后嗷呜一声扑过来，看起来是打算突袭，结果被李忠卿一脚踹了出去。

史无名看着都觉得疼，那一脚蛮实在的。

"你是何人？"李忠卿冷冰冰地问道。

"你们这些恶人贼子，要杀便杀！"那少年蜷缩在地上，仍是不服劲地嚷嚷，张牙舞爪的，就像一只小兽。他看起来面黄肌瘦，身上也有不少伤痕，因为被囚禁的原因身上的衣物都极为肮脏，发出一股难闻的气味。

"你听他的口音，可不是京城人士。"史无名提点了李忠卿一句。

"扬州口音，家中以前走镖的时候遇到过这样的主顾。"

李忠卿马上就判断出来了。

"王俊？"史无名一皱眉，想起了一个名字，便试探地问。他身后的李忠卿挑了挑眉——会有那么巧的事情吗？这王俊失踪了，大家都找不到他，然后就出现在了这里。

"你们如何知道我的名字？"那少年警惕地问。

"竟然真的是你！"李忠卿有些讶异地说了一句，上前去把他拎了起来，"我们是大理寺的官差，你为何会在这里？"

"大，大理寺的？"少年的神情变得十分讶异，转而又变得十分悲愤，"大人救命！大人救命！"

"先别忙着喊救命，你是如何从客栈失踪的？"李忠卿毫不客气，直接就把问题抛了出来。

史无名却伸手阻止了李忠卿的问话，现在可不是问话的好时机。

"要问话也不是现在，此处并不算安全，我们还是先出去再说。"

他随后看向那少年。

"这段时间你受苦了。"史无名的神情十分柔和，观之可亲，丝毫没有因为对方如此形容便避之不及，而是把他拉过来，仔仔细细地看了一遍，"还好，这些人没有加害于你。"

少年的眼泪一下子就落下来了。

"多谢大人关怀。"

"客套之词先不必说，你可知何处可以出去？"

"小人知道。"少年急忙点点头，他带着史无名二人折回去，选择了另外一条路——也就是右面那条，在这条路又往前面走了一段极长的道路，其中竟然还经过了一条岔路。那少年解释说自己并不知道那条岔路通向何处。

李忠卿轻轻地碰了碰史无名，他有些忧虑，这么长时间黑暗中的行走让他感到非常忧虑，好在就在这时通道已经走到了头，眼前是一个方室，出口就在他们的头顶上，有梯子从上面搭下来，这里看起来像是一个地窖子。

"那些人就是从此处上下，这里应该是一个出口。"王俊指着上面说，墙壁上有一架竹梯通向头顶。

"上面是什么？"史无名问。

"上面是有人看守的，好像是个庙。听他们说好似别处也有出口，但是都隐藏在山林当中，草民只记得这一个。不过……"这少年似乎犹豫了一下，然后说出了一个主意，"小人可以当诱饵，把那人诱骗下来。"

史无名和李忠卿两人对视了一下，觉得此计可行，便点点头。

那少年便爬上梯子去敲那扇被关上的活动门，他闹出的声音越来越大，终于那个活动门一下子打开了。

"你这个小崽子是怎么跑出来的？"上面的人一看是他，

随即便是一声怒吼。

少年灵活地跳下梯子，上面的人便紧跟着跳下来抓他，谁知道那人的脚刚刚触到地面，就被摁到了地上并堵住了嘴。他挣扎了几下，就被李忠卿直接敲昏了。史无名对李忠卿的暴力行为表示完全赞同，非常时期非常对待，谁知道上面还有没有其他人。一想到在云真道人道观里曾经遇到的事情，史无名就觉得心惊胆寒。

李忠卿灵活地蹿上了梯子，出了地窖，在他确定四周没有危险后把史无名和王俊拉了上来。

上面果然是一座庙宇，占地不大，内部也极为粗糙，供奉的也不是中土常见的各方神灵，正中是一位女神，容貌艳丽，妆容打扮都不像是汉人。

"这是女神娜娜，看来这里是拜火教的庙宇。"史无名观察了一下便得出了结论。

李忠卿搜寻了一下这个庙宇，只有刚刚被他们抓住的那个人，并没有其他埋伏，看那人打扮应该是个庙祝。

从外面看，这座小庙并不惹人注意，隐藏在半山坡，门外有一条路，倒是十分宽敞，能够通过马车，此路在树林中蜿蜒曲折，最后通向山下。路的四周只能看到树木，无法判断所在何处。

"这里看起来不像是香火鼎盛的样子，修这么宽的路做什么?"李忠卿忍不住嘟囔了一句。

"来做鬼市的生意,那些货物需要马车来运送,还有那些被掳走的人也一样。怕是当年王莽所修建的这个建筑的密道的出口修在这里,被这些粟特人发现后又重新在上面修了这座庙宇来进行掩盖,心思倒是巧妙!"

"在我大唐的国土上经商,却又私下掳掠百姓,简直是养不熟的白眼狼!"李忠卿冷哼了一声。

"粟特人宁肯附籍或使用客籍,多不肯甘为编户,就是利用蕃、汉有别的空隙,由之成为巨富,他们自然心思不单纯,也永远为自己留着退路。"

"两位大人快来看,这是什么?"正在四下查看的少年王俊显然找到了点儿东西。神龛的下面有个可以打开的内橱,里面放置了一尊神像,与上面供奉的娜娜女神不同,这尊神像体态浑圆,虽然塑造者极力地将他美化,但是也依然改变不了他是个肥头大耳的男人的事实。

神像下面刻着几个字——还是粟特文字。

"光明之神。"会一点粟特语的李忠卿把那几个字翻译了过来。

"光明之神?"史无名把那神像从李忠卿手中拿了过去,随后瞪大了眼睛,"这神像是安禄山!"

"安禄山?"李忠卿吃了一惊。

"嗯，我听到过这样一个说法，安禄山其实也是粟特人，而他当年就是拜火教的教主！"

"禄山，在粟特语里是光明的意思。安禄山当年自称为'光明之神'的化身，并亲自主持粟特人聚落中各个种族的祆教祭祀活动，而且利用'光明之神'的身份来号召民众。因此当年大量番兵胡将追随安禄山起兵反叛，忠诚无比，听说即使到了如今，河朔旧将与士卒依然称呼安禄山为圣人，朝廷对这件事非常不满呢！"

"这些人难道是当年安禄山的旧部？"李忠卿眯起了眼睛。

"是真是假都没有关系了，因为这些人的野心……怕是也不小呢！"史无名面色冷冷地说，他能想象得到他们把这个消息带回去后产生的后果。

李忠卿再次在四周搜查了一圈，并没有搜出什么其他有用的东西，于是他转身回来，开始审讯那个庙祝。

鬼门寨

180

庙祝一开始还梗着脖子，一副坚贞不屈的模样，但是形势逼人，李忠卿也并不是吃素的，进了大理寺刑房的犯人看到他腿都抖，何况一个小小的庙祝。

在李忠卿审问那庙祝的时候，史无名也询问了王俊，只不过这两个人的谈话和那边完全不同。

"那晚小人在客栈正想安寝，谁知道躺下没有多久，突然听到有人在外面敲小人的窗子。"

"我记得你是住在东厢房的二楼，窗子朝外，面对着院墙，并无走廊过道。"史无名回忆了一下自己了解到的情况说。

"大人说的是，当时小人睡得迷迷糊糊，一片茫然，这么高的地方，不可能有人敲小人的窗子，想来大概是顽童扔的石子儿所致，便并未理会，谁想到那敲击声竟然一而再，再而三地出现，小人就想看看到底是怎么回事，便打开了那窗子。结……结果……结果就跳进来一个人把小人掳走了！"

史无名皱起了眉，二楼说高不高，说低不低，跳进一个人倒是有可能的，但是能做到这一点也需要极好的身手，自己肯定做不到，但是李忠卿就能做到。

"你当时没有反抗？"

"哪里能反抗，我本来睡得迷茫，而那人猛然跳进来，又对我撒了一包什么药粉，然后小人就晕了过去，再醒过来已经是在来这里的路上了。周围要么是那些可怕的粟特人，要么就是那些和我一样被抓来的女人和孩子！"王俊苦笑着说。

这个回答倒是和自己刚刚在地下看到的情形吻合，这里应该是一个中转站，粟特人把被拐卖的人集中在这里，然后再统一贩卖出去。

"对方抓你来，没有说为什么吗？"史无名蹙着眉头问，"他们绑了你，说仅仅是要贩卖你可不太让人相信，我们都知道你为何而来。"

他直直地盯着眼前的少年，少年的神色变得沉重起来。

"是啊，自然不是那么简单的事情。"他咬了咬下唇，"对方一直在问我有关舒王的事情。"

"舒王？你从未来过京城，又如何知道舒王的事情？难道说对方在怀疑令尊曾经告诉过你什么吗？"

"大人说的正是，对方一直在拷问我家父曾经和我说过的有关舒王的事情，天可怜见，家父自从随军做了军医就很少回家，连家信也不过是寥寥几封，小人能知道些什么呢？"

"他们问你舒王的什么事情？"史无名饶有兴趣地问。

"问舒王的兴趣爱好，问舒王有什么别院，还问舒王在行军中可曾在什么特别的地方停留……"

"问这些做什么？"

"小人也不清楚，感觉……感觉他们好像是在找什么。"

史无名眉头蹙得更深。

"昨夜之事你知道多少？"

"小人一直被监禁在那牢房里，不知道详细的情况，但是能听到人来人往的嘈杂声，他们在这里折腾了两日，不知在做些什么。昨晚开始的时候很平静，并没有什么异常，谁知道在后半夜的时候突然闹腾起来，但没过多久，这里就安静下来了。"

史无名点点头，看问不出更多的情况便换了一个问题。

"我很好奇，你的父亲到底是一个什么样的人？"

"不是小人自夸，家父的医术是极好的，否则也不会入了舒王的眼。他的性格也极为方正严谨，对待事情一丝不苟。"

"他失踪前后发生了什么事？"

"小人曾经上门去打听，舒王府给出的回复说在前舒王去世后，家父极为自责，意志消沉，惶惶不可终日，似乎害怕王府追究他的责任，终于有一日便自行消失不见了。我并不相信这些说辞，王爷生病，自然有宫中的太医来治，怎么会轮到我的父亲去诊治？而且又怎么能将责任都推给我的父亲？所以我怀疑父亲是因为知道了某些秘密，所以被偷偷灭了口。"

"也就是说，你也在怀疑有人下毒？"

"小人也不想去想，但是忍不住，毕竟舒王死得太蹊跷了！"少年倔强地抿住了嘴。

"我想知道，你父亲在信中是如何与你说有关下毒的事情的。"史无名非常严肃地说，"今日在此处，并无他人，你的话出你口入我耳，并无第三人知晓，所以你可以畅所欲言，不必保留。如果出了此处，到了府衙，官场上各种争斗，你想要说的未必能说得出口，你想要做的也未必能做得成！我话中之意，你可明白？"

"小人明白，小人也知道此次被绑，绝对不是那么简单的事情，大概是有人希望我永远也开不了口。只是我与大人说，大人能为我求得一个公道吗？"

史无名微微一笑："世间之事，都如同一场豪赌，我不能给你承诺，只能保证尽力而已，当然你也可以选择不开口，这对于我来说，并无分别。只是看你自己的选择罢了！"

少年的脸上一瞬间划过各种情绪，最后他咬了咬牙，似乎下定了决心。

"家父给我的那封信上只是简单地提及，并不曾多说，试想这种涉及机密的事情，怎么可能在信件上直白地说出，但是从信上的语句看来，我觉得父亲认为是先帝给舒王下了毒。"

"先帝为什么要这么做？"史无名眯了眯眼睛，压低声音问。

　　"先帝有疾，口不能言，当年德宗皇帝也意属舒王即位，而在德宗皇帝病重的时候，他身边的近臣宦官也希望舒王能够登位，只是因为朝中大臣反对才作罢。先帝登位后，舒王自然是他的眼中钉肉中刺，否则一个正当壮年的男子怎么会突然不明不白地死去？"

　　这一番话的内容让史无名哑口无言，半晌后，他才问道："王俊，你的父亲与你关系如何？"

　　王俊对这个提问感到惊讶，但还是老老实实地回答了。

　　"自幼父亲就非常疼爱我，后来他不得已随军出征，经历了多年的战乱，又在舒王府内任职，回家的时候就少了，不过他偶尔和我们通信，信中他依然对我非常关心，所以我身为人子，就算前面有千难万险，也必须为父亲讨回公道！"

　　"也就是说，即使杀了你父亲的人是先帝，你也绝不退缩？"

　　少年咬了咬牙，最后点了点头。

三十七

　　"你的猜测是对的，他们在长安城中下手的人贩子被朝廷端了，好像他们甚至想趁乱摸进宫中下手偷东西，也被侍卫发现了……而且那伙人又发现我们两个很可疑，怕这里也被人端了，所以才急匆匆地把鬼市撤了。"

　　"想来也是这样，苏雪楼他们调换水栅是秘密进行的，这些天他们一直让人埋伏在那附近，就等着人靠近就将其一网打尽！"史无名点点头。

　　"其实如果不换水栅，等到他们进去后再动手岂不是更好，人赃两获，宫中的内应也一并抓了。"

　　"那是皇城内，万一出了事情谁能负责？"史无名叹了口气，"落入了宫中侍卫手中，怕是不想招认也不行了吧！"

　　"那倒是。他们仓皇之下收了摊子，打算隐匿起来，只留下这个人看守入口。而且这些人确实是安禄山的拥护者，他们在偶然的情况下发现了这个前朝的遗迹，所以就利用起来，这人不过是个小喽啰，多的东西也问不出来了。"

"和我们一起来的那些人怎么样了?"史无名更关心那些人的安危。

"应该不会有什么问题,毕竟长安的事情已经闹得很大,这些人如惊弓之鸟,并不想引起更大的注意,想必还是会假托鬼神之名把那些人随便放到某地,应该不会伤及性命。"

"那就好。"史无名点点头,觉得心上的石头落了一半。他和李忠卿商议了一下,决定下山回京。

山路蜿蜒,远处的山梁在蓝天的陪衬下如波浪一般此起彼伏,转过一个弯,恍然看到远处巍峨的大明宫的影子,而山脚下有一处正在修建的建筑物,还能看到来来往往的匠人。

"这里竟然是龙首山。"史无名皱起了眉头,"大明宫是依龙首山的山势而建,而整个长安就在龙首原之上,我们顺着河流漂出来,在龙首山附近并不奇怪。但是我奇怪的是下面这块地方,那个建筑物到底是什么?"

"走得近些就能看到,多思无益。"李忠卿是个行动派,立刻往前走去。

几个人顺着蜿蜒的山路走了一会儿,果然就到了这个建筑物的外围,竟然看到不远处有兵士在四周巡逻,再走了一会儿,看到路旁有一处石碑。

"舒王陵?"史无名愕然,"这里竟然靠近舒王的陵墓!"

"而且舒王已经薨了一年，怎么陵墓还没修好？"李忠卿颇为怀疑地问。

"他薨之前先帝突然驾崩，今上先尽全力修建丰陵，舒王陵自然就要靠后些，先君后臣，自然是这个道理。而且因为舒王的死颇为突然，他死去的时候甚至没有确定陵墓的位置。先是在长安城外选了一个地点，似乎是因为舒王生前就很喜欢那里，而风水先生说那里的风水也不错，后来决定葬在那里，除了主体墓穴，周边的配殿到现在还没有完工，如今看来，竟然就是在这里！"

"大概那些原木就是为了送到这里。"李忠卿点点头。

"对，此处既然是舒王陵，应该有守陵的卫士，我能调到人马过来。"史无名沉吟了一下说，"忠卿，你可以快行几步去喊人。"

当史无名几个人被守陵卫送回长安的时候，很多人都松了一口气。

"你们可算是回来了！我们真的要急死了！"苏雪楼一拳打在史无名的胸膛上，把他打了一个趔趄，显然是急得狠了，史无名只有跟着赔笑，随后他望着王俊对苏雪楼打了个眼色，苏雪楼立刻就明白了，找人把王俊带了下去，小心地看管起来。

"你们知不知道，我们怎么也找不到你们，而且在今天清晨，在城外的乱葬岗上发现了一堆人！"待一切事毕，苏雪楼终于忍不住噼里啪啦地说了起来。

"死了?"史无名一惊。

"没有，身上被洗劫一空，钱财都没了，每个人都不知道自己是怎么到乱葬岗的。这些人都是非富即贵，是和你一起去鬼市的人，不过这些人都迷迷糊糊的，也说不出来自己遭遇了什么，都坚定不移地认为自己入黄泉过冥府去鬼市走了一趟。"

"没出事也就是最好的，先别奢求其他的，不过可以问一问他们来时的情景，我们可以推测出其他的几个出口。然后我也去查一下史料，搞清楚那个建筑物当年到底是干什么的。"

"你先别忙，去见见崔四，他可要急死了！"苏雪楼连忙阻止他，查案也不急于一时，有人在大理寺都快急个半死了！

崔四见到史无名，简直喜极欲泣。

"少爷，你可回来了！可急死我了！"

史无名颇有些歉意，立刻抚慰了崔四："莫要担心，我和忠卿一起，能有什么差错？倒是你在这里，可是务本坊鬼市那边有消息了?"

提到这个崔四就更激动了。

"是啊，少爷，抓到了，抓到了！"

"在务本坊鬼市卖给你东西的家伙抓到了？"史无名一听也来了兴趣。

"正是，正是！"崔四点头如捣蒜，"也多亏了昨日不曾宵禁，不仅仅是良善百姓外出行走，那些牛鬼蛇神也都偷偷冒出头来，我也是抱着这么一个想法跑了过去，谁想到真的遇到了他，然后小人就偷偷跟着他，知道了他的住处，随后就请官爷们把他抓了起来。后来听说这人就是一个泼皮无赖，平时做些小偷小摸，谁想到他手里会有御用之物？"

"他是从哪里搞到这些东西的？"史无名这话却是问向苏雪楼。

"自然是已经问出来了，不过说出的情况也挺匪夷所思的，他说自己是在一处粪池里找到的。"

"粪池？"

"是啊，我便想莫不是罗家？罗家能够在皇城自由地出入，也许正是他把那些偷出的赃物藏在粪车里偷偷运出去，而且此事我怀疑和那个粟特人小妾也应该有关系。昨天晚上，他们之中很多人被抓捕，如今正在被审问。朱青云的母亲——那个粟特人老太太，确实是一个非常有实力和能力的女人，她手下控制了一批人，显然自成一个体系，而且这些人以她为尊，似乎管她叫教主什么的。"

"教主？"

史无名愣了一下。

他突然想起了在那座小庙里发现的那座安禄山的神像。

把事情的前前后后交代给林大人和苏雪楼，看着他们去布置一切，史无名觉得一身轻松，急忙拉着李忠卿往家赶去，身上的一身衣服，又是尘土又是污渍，太应该换换了。

可惜他们在回家的途中遇到了一个不大不小的麻烦，一个小贼竟然盯上了史无名的银袋，趁着两人擦身而过的时机扯了袋子就跑。

李忠卿拔腿就追，史无名紧随其后，却见那小贼极为灵活，在街巷间来回穿梭，很快就把他们两个人带离了主道，朝人迹稀少的地方跑去，史无名顿时觉得有些不妙，等到他唤住李忠卿的时候，发现他们两个人已经被包围了。

围住他们的人虽然一副市井流氓的样子，但是仔细一打量就知道并非如此，这些人训练有素，精气神十足，身上虽然穿的是普通人的服饰，但是都干干净净，哪里是无业游民的样子！而且他们并不是为了来围殴自己和李忠卿，只是堵住了去路。

"诸位，明人不说暗话，你们要带我们见什么人？"史无名非常冷静地开了口。

"二位，我家主人有请。"其中一个看起来是领头的汉子先发了声，随即做出了一个请的手势。

史无名沉默不语，拽了一把和那些汉子用眼神较劲的李忠卿，带着他向指引的方向走去。

路的尽头是个茶棚，里面没有老板，桌旁只有一站一坐的两个人，那些汉子都远远地散开，不让任何人接近这里。茶棚的桌上放着一壶茶，摆着两个杯子，那茶具显然不是这茶棚所有的，一见就知道绝非凡品。

"在下别无他法，只有用这等手段将二位请来。"坐着的男人随意地拱了拱手，看起来并不真诚。

男人只有二十岁上下的年纪，但是通身的气派不容小觑，身上的衣物虽然看似寻常，但是仔细分辨，便能发现其中的昂贵与不寻常，他的身边站着一位面白无须的中年男子，颇有些阴柔之气，一举一动对他极为恭敬。

"下官史无名，见过王爷。"史无名不卑不亢地上前见了一礼。

那男子一愣，随后点头微笑。

"大理寺的名探果真名不虚传，不知道阁下是怎样认出我的身份的？"

"其实此事并无什么玄虚，只不过是依靠观察罢了。王爷身上的衣料，衣料上的花纹，周身的气派，四周那些身着便衣进行警戒的卫士，还有身边跟随的这位内官，还有大理寺目前在查的案子，自然得出结论就是王爷了。"

对方是舒王的长子，如今的嗣舒王。

"孤今日来此，实在是有事相求。"对方对史无名施了一礼。

"王爷且不可如此。"史无名一惊，顿时有一种不好的预感涌上心头，能让这些皇亲国戚低下头来求人，绝对不是一件小事，定然是和手中的案子有关，此事定然万般棘手。史无名暗暗叫苦。

"实话说，孤这种身份，私下见你等若被今上知晓，只怕……并无好处。但是事情紧急，不得不出此权宜之计。"

"相信王爷也听说了那个军医之子前来告状的事情，不知道王爷对这件事有什么说法？"

对方有些很意外地看了史无名一眼，他没有想到史无名会如此直白，他哪知道史无名最是讨厌官场上的那些弯弯绕绕，你来我往的虚虚实实，而且史无名实在不想和这位王爷在一起太长的时间，有句俗话说得好——知道得越多死得越早。

"实不相瞒，父王生前确实极为信任这位王军医，因为这位王军医曾经在战场上把我父王救了回来，只是父王去得突然，连宫中的太医院院正都束手无策，更何况他一个普通的军医。所以阖府上下对他并无苛责之意，但是这位王军医却一直耿耿于怀，郁结于心，以至于有一天不告而别，那天正是父亲下葬的日子。因为怕他过于伤心，所以我们也并未寻找他。至于他的家，确实远在扬州，也听闻他家中有一子，但是从未有人见过，所以我们不能判断这个少年的身份是真是假。"

"想必王爷也曾经派人私下查询过。"

"的确查过，但是结果并不令人满意。王军医的家中已经没有人了，左邻右舍说他的儿子确实是上京去寻找父亲了。而左邻右舍描述的形容相貌，确实和敲了登闻鼓的那个少年相似。"

看对方面色阴沉，史无名聪明地没有发表自己的意见。

"这少年所说的王军医信上的内容简直是诛心之论，竟然暗指我父王给先帝投毒，还说王军医的失踪是因为知道了这个秘密因此被舒王府灭口。这简直就是在明晃晃地指责我舒王府有不臣之心！"

史无名并没有立刻接话，嗣舒王这话中之意显然和王俊所说的完全不同，王俊说信上暗示是先帝给舒王下毒，而这位王爷却觉得是舒王给先帝下毒，其实那封信本身史无名并没有看到，只是听苏雪楼转述过，措辞非常模糊。如今这两人各执一词，各说各的想法，唯一相同的就是这两个人说的任何一句话听起来都像是能让人掉脑袋的！

半晌之后，史无名垂下眼皮："那么敢问王爷，是否真的曾经有呢？"

三十九

四周简直静得可怕，周围的人几乎都是鼻观口口观心，都被史无名这个胆大的问题吓得心惊胆寒。嗣舒王还没开口，倒是他身边的内侍先发了声呵斥："大胆，你怎敢……"

"邱公公。"嗣舒王轻声喝住了他，朝他摇了摇头，那内侍急忙躬身退到他身后，史无名见他面色阴沉，并不以为意，坦然看向这位嗣舒王，倒是将对方看得目光回避，嗣舒王终究在思忖片刻之后开了口。

"虽然有道是子不言父过，但是这对于我们舒王府阖府上下是性命攸关的事情，如今也不得不说一二。父王在德宗皇帝去世先帝即位后便一直韬光养晦，世人很多都认为父王觊觎大宝。我……并不能说他没有过，毕竟那个位置太过吸引人，而且他离那个位置也太过于近。但是在先帝登基后，他确实收敛了，虽然确实有人怂恿过他，但是当时父王得力的手下要么被诛杀要么被遣散，先帝虽然身体抱恙，但是御下的手腕极为强悍，他能以残病之躯登上帝位，手段可见一斑。只是可惜……还是比不上今上罢了！"

史无名听得冷汗津津，后背发凉，这些皇家秘闻实在让人胆寒，哪一件事情说出去都是杀头灭族的罪过。大概也正是因为如此，他敢直截了当地问，对方也敢这么直截了当说出来，并不害怕彼此出去乱说。

"既然话说到这一步，下官斗胆相问，前舒王殿下之死到底有没有什么内中纠结？"

对方叹了口气，看得出来，这个问题让他感到有些悲伤。

"家父走得确实很突然，他在往年征战的时候身上曾经受过暗伤，这种暗伤需要慢慢调养。当年就有太医提醒过，此伤复发的时候会很剧烈，甚至会攸关性命。实际上这些年来，父王一直很注意保养，谁想到这暗伤会突然复发，父王走得并不痛苦，我们发现他发病后，药石不灵，很快就撒手人寰。"

史无名微微挑了挑眉，问道："下官斗胆一问，王爷真的是如传说中那样含笑而逝吗？"

于是他被对面的两个人锐利地盯了片刻，史无名面无表情，一派坦然，倒是他身后的李忠卿，全身都绷紧了。

最后对方还是开了口。

"是的，他觉得自己一生戎马，有功于朝廷与天下，不愧于黎庶，也不怕去见先帝，自然了无遗憾，所以含笑而逝。"

听了他这个解释，史无名倒是没有说别的。

"王爷去得如此突然，王府上下就没有别的怀疑？"

对方看了看史无名，最后压低声音说："验不出毒来。但是我见父王临终之前极为痛苦，而到了后来却神志恍惚。因为无法验出毒，所以只能够听院正的诊断以旧伤复发引发恶疾作为结论。"

史无名点点头，并没有发表任何评论，随后又问了一个问题。

"王爷可认识孙府明这个人？"

"谁？"对方一愣。

"不，没什么，只是随口一问罢了，王爷不必忧心。"史无名仔细观察对方神情，发现不似作伪，便也没有解释。

对方点点头，也并未继续追问。

"再敢问一件事，舒王的墓址……照理说应该是朝廷给选址，但是下官还听说一种说法，那就是舒王殿下生前自己喜欢那里，因此才选定的，这种说法不知道是真是假？"

"是父王生前自己选定的，也曾有人提议让父王陪葬崇陵，但是上面似乎不是非常高兴，所以就定下了如今的地址，还说是为了遵从父王的心意。"嗣舒王的脸上露出不高兴的神色，显然是想到了其父至今还未完工的陵寝。

随后又说了几句别的，这位嗣舒王显然已经把自己想说的事情说完了，便直接离开了。

在对方离开后，史无名和李忠卿并未直接离开那处茶棚，而是坐了一会儿，对方显然把那套上好的茶具留给了他们，这让史无名蛮高兴的。

"他显然对你有拉拢之意，而且虽然他的话冠冕堂皇，但是心中定然是对今上有所怀疑。"李忠卿冷哼了一声。

"而我倒是很想知道他为什么突然坐不住了？王俊上告一事已经过了很长时间，虽然朝廷遏制住了消息，但是依照舒王府的势力，不可能不知道。事情发生的时候这位王爷都没有出面，为什么我们从城外带回了王俊，他就突然跳了出来。这行为怎么看都是有些心虚，而且他并没有去找苏雪楼，而是找的我们。论官职，苏雪楼要高于你我，而且他才是主要负责这起案子的人……"

"你在怀疑王俊的失踪和这位王爷有关？"

"否则又怎么解释？"

"他出现的时机确实很可疑，但是那王俊就不可疑吗？"

李忠卿怔住了。

"你这是什么意思？"

史无名看了他一眼，脸上露出一丝笑容，信步朝前走去。

"别笑，你这样可让人感觉你有点高深莫测了。"李忠卿忍不住追了上去。

"有关于王俊的身世和前舒王死亡的情况，他告诉我们的应该是事实。"

"你怎么能够断定他说的是事实？这些皇亲国戚终日玩的是钩心斗角，我对他们说的话存疑！"

"现在王府的军权早已被皇上收了回去，这位嗣王爷可不像他的父亲一样能够上马征战，而且他手中的权力远远比不过他的父亲。而且有句话让我不得不相信，他现在来是为了整个王府的人的性命，因为现在的皇帝可是动动手指，就能要了他们所有人的性命。所以，就算是为了保全自我，他也不会在王俊身世这件事上和我们撒谎。"

三十九

199

"但是你刚刚说那王俊可疑是怎么回事?"

"因为啊,我觉得他就是个假货!"

四十

此时已经日沉西山,暮色四合,两边的商铺门前已掩上了木板,路上的行人已经急匆匆地往家中赶去,再不归家坊门可就要落下了。只有史无名和李忠卿面色沉沉,似是无知无觉地走在路上,刚刚所经历的一切都需要他们进行慎重的思考。

"你如何断定那名叫王俊的少年是假冒的?"李忠卿终于忍不住问道。

"其实……"史无名微微顿了一下,把自己从思绪里拔了出来,他看了看李忠卿,神情有些逗趣,"从我们遇到他的那个时候,听到他说的那几句话我就知道他是假的了。"

李忠卿一愣,他已经不记得当时他们具体都说了些什么了。

"他当时说了什么?"

"他当时问我们'你们如何知道我的名字？'，这句话其实就很有问题。试想，他一开始视我们为绑架他的匪徒，而他被绑已然多日，对方囚禁他并且询问过有关他父亲和舒王的事情，又怎么可能不知道他的名字？而后来的事情更加不可思议，他一个舞象之年的少年，竟然对宫闱秘事说来头头是道，听得我都心惊胆寒，这些事情即使是身在京城的人——包括苏雪楼那种大家族都未必能够知道。我不相信那位军医——一个他口中疼爱儿子的父亲，会把这些宫闱秘事在书信中告诉他。"

"当然不会，父亲最想保护的一定是自己的孩子啊！难道他不知道懂得越多死得越早的道理吗？自己都安危不保还要连累家人？"

"而且我听说，像是这种能够给皇亲国戚诊病的医者，其实是要被暗中监视的，他们往来的信件和接触的人都会被暗中调查，以防他们把上位者的身体状况泄露给别人，在军中更是如此，这也算是军情的一部分。所以能将舒王的身体状况通过信件透露给别人应该是不可能的，否则那位军医早就被扣下或者被人当作细作抓起来了。"史无名微微皱眉。

"只是如果是那样的话，苏雪楼怎么没一早就确定那少年身份是假的呢？以他在官场的阅历，大概早就能想明白吧！"

"问题就在于他在官场上混得太久了，有句话叫投鼠忌器，我们每个人都面对着一个'万一他说的是真的呢？'的选项。昔日王俊走的是登闻鼓，让很多人都知道他的存在，如此有恃无恐大概就是不害怕别人查他的来历，而且王军医的情况不能说是死亡而是失踪，谁知道失踪后的人会私下给他儿子什么样的信息？细查下去会不会得罪各方面的势力？所以这种种的不确定就导致了今天的局面。"

"这样说来有道理，他们太世故了，不过也是明哲保身之道！"李忠卿点点头。

"无论如何，这些事情绝对不可能是一个远在扬州乡间生活的少年能够知道的，而且就算是他到了京城来暗查，也不是以他的能力能查出来的。所以啊，戏不能演得太过，演得太过就假了。这个少年虽然年少，但是城府却很深，应该说，他的演技几乎也接近完美了，而在他身后布置这个局的人的设计也算是完美，的确深谙人心，这样几封模棱两可的信件，既能让人觉得是在说先帝给舒王下毒，也能让人觉得是在说舒王给先帝下毒，简直是双刃之剑。"

"如果说一开始的投告就是假的，那么所发生的这一切要怎么解释？"

"这大概是一个阴谋。"史无名的神色十分凝重，"无论是这段时间里发生的私入皇宫，还是从鬼门寮通往的鬼市，还是……"他停住了自己想说的话，神情变得极为严肃。

"还是什么？"李忠卿追问。

史无名看了看他，随后问了一个问题。

"忠卿，你说如果让你猜测一下按照事情的继续发展，此事闹得天下皆知，那么最坏的情况会是什么？"

"王俊父亲的失踪被掩盖——毕竟没有人关心一个自己走掉的军医是死是活。而这件事最终的结果就是挑拨了皇室之间的感情，今上的位置本来就非常有争议。而舒王府虽然已经交还全部兵权，但是很多人还是相信百足之虫死而不僵，王府手中还有许多可以用的人脉。当舒王和先帝的死被翻出来，当今的皇帝被人指责害死舒王，一部分感念舒王的老部下也许会心怀不满，更不要说当今的嗣舒王。如果对今上心怀怨念，再牵扯到什么人物，那么未来也许又会是一片血雨腥风。"

"不错！那背后之人就是想借少年之口在京城里搅乱局面。"史无名点头，"而且如果最坏的情况出现，先帝的尸骨和舒王的尸骨比起来，你觉得今上会选择去验谁的尸体？"

"当然是舒王，怎么可能去丰陵惊动先帝?!"

"这就是了，如果真的是那样，舒王府也必不会应允，等到那一天，天下就乱了！看来你我先不能回家了，去找苏兄吧！"史无名长长地叹了口气。

四十一

"他这么冒冒失失地来见你，如果将来被人抓住了把柄……可是……他是嗣王倒是没有事，可是你怎么办?!"知道了史无名刚刚的遭遇，苏雪楼愤怒地拍了桌子。

此处是苏府中苏雪楼的院子，史无名经常过来，苏家的长辈都很喜欢他，把他当作子侄辈看待，连带着苏府的仆人都对他十分尊敬。苏雪楼见他们这个时候过来，身上的衣物也没有更换，知定是出了什么问题，让下人给他们上了些饭菜后就把房中伺候的人都打发了出去，关起门来说话。

"先帝在位时间只有八个月，然后就猝然驾崩。即使如今想来，也如同玩笑一般。那是一个普通的日子，太子也就是今上出来说陛下驾崩了……"苏雪楼想想当时的情景，摇了摇头，"朝堂上的人都蒙了，然后是匆匆忙忙的葬礼和登基大典，一切来得都那么突然。事后想来，都觉得不寒而栗，先帝纵然身体不好，也不会突然就没了，然后舒王。"

谁都能想象那是一个多么混乱而可怕的状态，所有的事

鬼
门
寨

204

情都乱成一团，各种势力暗自争斗。

"既然事情已经发生了，多说无益，还是想想案子吧！"史无名一面说一面夹菜——好家伙，真是饿死了，刚刚还不得已灌了那么多的茶，"王俊那边怎么样?"

"已经找人看管起来了，不过似乎也问不出更多的东西，这少年看起来有恃无恐。不过你们找到了他，却也让舒王府忍不住跳了出来。"苏雪楼眯了眯他那双狐狸眼，"既然你们认为他的身份是假，那么是不是就有这样的可能——假王俊当初是舒王府绑走的。假王俊又是告状又是向舒王府要人，且不管内容真实与否，舒王府肯定对他感到无比头大。"

"但是王俊出事，第一个被怀疑的难道不就是舒王府吗?肯定有人怀疑他是被舒王府灭了口，别说最开始你们如坐愁城不是为了这个！"李忠卿有些嘲讽地说。

"问题就是这一切都太明显了，我们觉得舒王府不会犯这种一下子就让人拿到把柄的错误。"苏雪楼咬了咬牙说，"而且一切都没弄清楚，我们也一直在私下调查，这事情太敏感了，连今上也暗中找了林大人，吩咐他定然要慎之又慎，谁知道孙府明能放了把火?话说回来，也不知道这厮跑到哪里去了！"

"说到孙主簿，我觉得应该去梨园看看。"

"我已经派人去查过，孙主簿一般都会去听一个名为清歌的歌者唱歌，只是这清歌算不上什么艳压群芳的人物。她面上有疾，容貌丑陋，只是歌声不错，也只是会偶尔出现，来捧她的场的都是真正喜欢她的歌声的人，孙府明和她应该不涉及什么风花雪月的事情。"

"有些东西只有亲眼看到才能确定，我们怎么也应该去一趟。"史无名摇摇头。

"你觉得那边有疑点吗？"苏雪楼皱了皱眉，随后有些鄙夷地开了口，"太常寺下的梨园别教院如今也算是鱼龙混杂，官方所管辖的不过是一小部分。那地方原来还有些格调，如今嘛，什么人都有，我觉得和平康坊也差不多了！"

"那些我倒是不在意，除了孙主簿喜欢往那里跑，也因为梨园在长安城西北原来汉代未央宫所在之处。"史无名朝两个人看了一眼，"事情到了这里，说是和汉代的长安城没有什么关系我是不相信的。"

"这么说也对，明日就一起过去吧！"

史无名点点头，随后马上提出下一个问题："我们再来说说那鬼门寮，在皇城根下一所查无来由的宅子，你觉得可能会出现吗？"

"自然不可能！如今已经稳定下来，也不是多年前战乱的时候，尤其这次水栅出了问题，陛下已经命令严查皇城边上所有的……"苏雪楼说到一半，突然怔住了。

"你发现从未有人去过问在皇城根下的鬼门寮是吗？"史无名微微而笑，"这种荒宅，人人都怕，推倒了也就罢了，但它为什么会一直存在？"

"也不是没有人要求把那里推倒，可惜一层层报上去，到了最后不知道为什么都会不了了之。"李忠卿接了口，他早已经去查了那个宅子，可惜并没有得到更多的情报。

"这就非常说明问题了。"史无名托着腮说，"显然这宅子上面有人。"

"那些办鬼市的粟特人一直在利用这个宅子，而粟特人多是巨富，认识上面的人也并不奇怪。"李忠卿皱着眉说。

"那还能盖过皇权吗？"史无名凉凉地说了一句。

苏雪楼听了这话，嗖地站了起来，眼睛瞪得如铜铃一般，紧紧盯住史无名："你……你不会是说……"

"这事情暂且先看着吧！"史无名沉重地点了点头，"眼前我还有一个问题，当初到底是谁提议让舒王陪葬崇陵的？"

"是礼部侍郎谢明德。"苏雪楼愣了一下，但是马上回答了出来。

史无名一愣："谢明德？"

"是他，怎么有问题吗？"

史无名点点头，苦笑了一下："当然是有大问题了！如果谢明德如今没有待在刑部大牢当然看不出什么，可是如今他在那里，事情就不那么简单了！"

"谢明德一家不就是被张家的遗孤秋月所报复才进入大牢的吗？"

"私藏陛下私服和宫中之物这件事我们之前说过，事情可大可小，如果陛下有心偏袒，说一句这本是朕赐予谢昭仪的，又或者让我们去严查宫中失窃这件事，无论事情看起来有多么让人不可理解，这件事最后都可以轻轻揭过。但陛下并没有，他明知道这件事有颇多疑点，但还是看着我们把谢家一家人抓了起来，看着其他人对谢明德落井下石。这说明在他心中，谢明德其实已经不值得信任了，现在想想，大概事情就是出自谢明德提议让舒王陪葬崇陵这件事身上吧！"

史无名看了看众人，接着侃侃而谈。

"诚然，舒王是今上和先帝心中的一根尖刺，德宗皇帝当年对舒王过于偏爱，甚至曾经想把那个宝座传给舒王，怎么不让今上和先帝耿耿于怀？虽然表面上看，舒王陪葬德宗皇帝这件事颇为合适，但如果是我，大概会想让这个养子离自己的父亲（祖父）远远的吧！别人提出这个奏议我不吃惊，我只是觉得不知道为什么会是谢明德提出来的，虽然他作为礼部侍郎，主管这件事并没有什么差错，但是如果一向善于揣摩上意的人而且是站在今上一派的人突然提出这样一个想法，实在是很让人吃惊。"

"这么说来也是，陛下正要决断的时候，是舒王府的人上书，说舒王生前就选定了一块地方，颇为喜爱那里的山水，陛下就立刻允了——大概是不想让舒王陪葬到德宗皇帝那里堵自己和先皇的心。这么说来，谢明德也就是在那时起被陛下在心中猜忌了。"

"谢明德不是蠢人，他好歹也算是陛下一派，有从龙之功。他为什么会提出这个奏议？如果不是受了什么人蛊惑那么就是受了威胁。我觉得威胁不太可能，那就必然是蛊惑，让他觉得既得利益能够让他忽略掉陛下对他的不喜。"史无名敲了敲桌子。

"我让人去查。"苏雪楼深以为然地点点头，经史无名一说，他也觉得这里面的问题很大。

四十二

而第二天，史无名和李忠卿直接就去了梨园。

策马飞驰，远远就能看到一片梨树，而梨园得名的原因是这里周遭遍栽梨树，春天到来的时候，这里梨花似雪，极为美丽。如今此景也是妙极，因为现在正是梨子快要成熟的季节，空气里弥漫着梨子的清香，而且还能听到丝丝缕缕丝竹之声。

歌声婉转，舞姿曼妙，风流婉转，一颦一笑皆有情。

可惜行色匆匆的史无名二人并没有心情去欣赏这些醉人的风情，他们是来查案子的，哪有时间去看这些。

他们的目的地是此处的一个茶楼，他们事先就派人打听到那位叫清歌的歌者今天会在这里献唱——她并不是茶馆里唯一的献唱的歌者。茶馆里并不冷清，多的是南北往来歇脚的商旅。

史无名和李忠卿并没有直接表明身份，而是和普通茶客一样坐下来喝茶，然后观察身边这些人的身份。此地外族商客不少，还有一些归京的人，毕竟这里算得上是进长安城的最后一站，也是温柔乡，归了家见了娘子想要出来逍遥快活怕是就不那么容易了。

店内嘈杂，掌柜的和跑腿的小二看起来也都是精明能干的，一下子就看出史无名两人是新客，便多客套了几句，不一会儿琴师和歌者都上来了，他们行了个礼，说了几句场面上的话，大家便很给面子地鼓起掌来。

史无名打量了一下那位叫清歌的歌者，她用一块面纱覆盖住了半张脸，只露出眼睛和额头部分，但是从这露出的部分可以看到有一道紫色的疤痕蔓延到清歌左边的太阳穴，史无名突然明白了苏雪楼为什么说能在这里的都是这位歌者的真正歌迷。

果然，她一开口，就把人迷住了。

那声音非常好听，如乳燕初啼，黄鹂试音，让人闻之心神一动，能在梨园里稳稳唱台子自然是有过人之处。

史无名觉得来得挺值，也理解了为什么大家会来捧这个名字叫清歌的歌者的场子。

"歌如其名，清歌，清歌，果然实至名归！"史无名轻轻拊掌叹息。

"声音倒是好，只是长相不能见人。"史无名听见身后有人嘟囔了一声，那人一看就是个来寻欢作乐的富家子弟。随后他在所有鄙视的眼神中悻悻离去。

"相信我，即使这里看起来再好，可就算是那些缠头无数的歌者也不会太想在这里长久地待下去，可惜她们眼中所谓的良人是不是都是这样重利轻离别的人呢？"史无名摇头笑了一下，"我们去见清歌！"

店老板还是很有眼色，自然知道不能阻碍官府办差，很快就把清歌带了来。

对方盈盈下拜，口中的声音如同珠玉一样清脆，还未到近前，一股清幽的香气便袭到人的鼻尖，若是不看面目，真的会以为是个绝色美人。

"妾身相貌丑陋，恐惊吓到大人，万望恕罪，不知道大人寻妾身前来有何公干？"

史无名眯着眼睛打量着她，那目光里带着某种考量，连李忠卿都不知道他在想什么。

半晌后，他才出声。

"你有着非常美好的声音，让人听之难忘，这是上天赐予你的天赋，只有真正欣赏你的人才能体会，又或者真正注意过你声音的人才知道。朱小姐，不，秋月，虽然你尽力隐瞒，但我还是听出了你的声音。"

"她是秋月？"李忠卿一愣。

"是啊，来见我们的朱小姐确实从一开始就被换掉了，你不是当时也曾怀疑来人的身份吗？是的，来的人其实就是秋月。而孙主簿来到这里就是为了见她，没错，他们是一伙儿的！"

李忠卿愣住了。

"大人切莫如此诬赖清歌，清歌虽然只是歌女，也不能任由大人空口白牙污人清白！"他们眼前的秋月终于开了口，或者应该说，她终于插上了嘴，"奴家只是清歌，并不是其他任何人。"

"不，你身上的香气我曾经在一个熏香球里闻过。"史无名冰冷地望向这个女子，"这种香料，并不是寻常能见。那是阿末香，此香珍贵非常，一般都是当作贡品上呈宫中。我查过你的来历，你不曾进过宫，手中如何会有这种东西？"

"此香是一位贵人赏赐的，所以……"

对方尚在辩解，史无名却做出了一个谁也没有想到的动作，他上前一把扯掉了清歌的面巾，别说是清歌，连李忠卿也被他的举动吓了一跳。

"如今正在查案，我无意和你啰唆些什么，你也不必故弄玄虚，伤疤和胎记都是可以伪造的！"

面巾下的紫色疤痕覆盖了半张脸，但是剩下的半张脸经过仔细辨认还是有些熟悉的，那正是他们曾经见过的朱小姐的脸。

"你是清歌也是秋月，面部有疾不过是掩盖身份的一种手法，秋月和清歌从未同时出现过。当然，在所有人的眼里，这是两个毫不相干的人，而那位朱小姐，大概早就被你杀死了吧？"

"真正的朱家小姐，奴家并没有伤害她。"事已至此，抵赖似乎已经没有意义，秋月非常冷静地开了口，"奴家虽然和那些粟特人混在一处，但是心中万分厌恶他们贩卖人口的行为，奴家当年也是被人卖来卖去，其中辛酸自然知道。所以断然不会去害那样一个无辜的女子，纵然她的祖母都想把

213

她卖给国外的贵族，但是奴家却不会。"她的眼眸中透露出一丝嘲讽，"诚然奴家与云真道人有合作关系，但是云真道人才是真正卑劣之人，我只是让他哄骗谢云亭，找机会对谢家报仇罢了。但是云真道人喜好女色，说是色中饿鬼也不为过，纠缠奴家不说，还对谢云亭说，想要让我还魂，必须要找到相同的身体才行。因为我原本该是溺水而亡，找不到尸身，需要他带回我的魂魄，安放到那个身体才能借尸还魂，容貌也会变得和奴家一样。"

"哦，那么你们是如何做的？"

"云真道人以为谢家家大势大，送来个美貌的丫头或者是买来一个女子易如反掌，将来他作法之后，可以直接把我推出去，而那个女子，他就可以偷偷霸占了。可惜谢云亭是个痴儿，他竟然真的去寻找和奴家外貌形体非常相近的女子，打算用来为奴家还魂，也算得他良心未泯，只是偷偷跟随这些女子，没来得及真正下手。"

"你是说当初他在朱家看到朱彤，不仅仅是想偷石敢当，其实是想绑架她来作为你的替身？"

"是的。"

史无名和李忠卿彼此交换了眼神，觉得如果此事当真，这才真心可怕，若是谢云亭真的下手，岂不是害了一个无辜的女子？

"所以你能冒充朱彤也是有理由的，因为你们身形相似，别人看到了不会怀疑。等等！"史无名突然就想通了一切，"没有找到人，云真道人怎么会开法事？所以谢云亭还是把朱彤弄到手了？"

秋月默不作声，并没有承认这一点。

"所以那天晚上到底发生了什么？"史无名态度变得异常强硬，甚至有些咄咄逼人。

"开始的时候，是云真道人向谢云亭要报酬，他除了向谢云亭要了大量的金银之外，不知道为什么，他还陆陆续续和谢云亭要了一些书……"

"什么书？"史无名非常敏感地追问。

"奴家并不清楚，似乎是谢家私藏的一些书吧！"秋月咬了咬嘴唇，继续讲述道，"那时奴家本躲在暗处，想等到恰当的时候现身，谁知道突然来了一群人，他们黑衣蒙面，一下子就抓住了云真道人和谢云亭，显然来意不善，奴家在惊惧之下只能躲藏起来，待一切平静下来后才敢离开，想来无论是云真道人还是谢云亭又或者是那位朱小姐都是被那些黑衣人带走的吧！"

"你和孙主簿是什么关系？"

"奴家和他并无关系，他只是经常到这里听奴家唱歌罢了！"秋月立刻否认了他们之间互相认识。

史无名用审视的目光望着她，似乎想要判断她这话是真是假，而秋月的状态显然打算装蚌壳，紧闭不开。于是他思忖了一下，突然又问了一个莫名其妙的问题。

"昔年公孙大娘在这里舞剑名动四方，自是女中豪杰，让世人传颂。而小姐在这里登台，莫非也自诩是女中豪杰？"

李忠卿正不明白史无名这话是从何而来，却见那秋月听了史无名的话却是一愣，虽然最后还是一言未发，眉间却是微微一挑，似乎露出几分得意之情，使她那带着伤痕的脸上的表情露出几分诡异。

四十三

把秋月带回大理寺后，两人回到了史无名日常办公的地方，吩咐杂役上了茶。

"这根本不像平时的你，你不会这么……"

"咄咄逼人？"史无名苦笑着回答，"因为我怕不赶快问出些什么，这个女人以后就不会被我们所控制了。"

"为什么？"李忠卿不解地问，"难道会有人把她带走？

刑部不会一而再，再而三地到我们手里抢案子吧！"

史无名抿了抿嘴，神情莫测。李忠卿见他不回答，只有再问。

"还有，如果按照秋月所说，一群黑衣人袭击了他们，这宅子一直是粟特人在使用，莫不就是那群粟特人绑走了他们？云真道人虽然和他们混在一处，但是他显然有自己的小九九——他藏起来的那些珍贵之物还有那两个石敢当和地图，难道是因为这一点惹怒了粟特人，所以一不做二不休把他们杀了？"

"可是还有一种可能，我曾经猜测过这宅子真正的主人属于皇宫里的那个人，如果来的是那一位的手下，那要怎么解释？"史无名也说了一种可能。

"那只可能和云真道人有关。谢云亭已经如此，他身上还有什么剩余价值吗？无论那个人是谁，他的目的都是那两个石敢当和地图。否则我们在道观里就不会遇袭了。"

"这一点你说的倒是没有错。"

"不过你说朱彤一早就被抓走了，你是基于什么理由这么推测的？"

"是朱青云的表现。一位父亲痛失爱女，而且知道女儿在失踪前所去的地点，他难道不应该先到我们那里询问吗？而他却是直接跑到大理寺陈情。如果他真的那么害怕自己的母亲知道，那么他也应该私下来找我们才对。我们见到他的时候，他表现得焦急恐惧却没有丧失理智，他的叙述既有条理又清楚，而他的恐惧不似作伪，我觉得他应该是受到了某种胁迫。

"对方用朱小姐的性命来威胁朱青云，朱青云这个人外表看似相貌堂堂，颇有气概，但实际上内心非常软弱，否则的话，他也不会被自己的母亲当作傀儡这么多年也不敢反抗。这样的人只能被各方面的势力所裹挟，然后东摇西摆。"史无名颇为惋惜地摇了摇头。

"不得不说，秋月是一个非常胆大的女子，她来见我们，甚至敢用自己本来的容貌和她自己本来的声音，我对于她的身份有着一点点的猜测，但是这猜测还需要别的东西来证明。而有趣的是，回想过来，她虽然在青楼楚馆待了那么长时间，但是却没有任何有关于她相貌的图画留下来。真正见过她相貌的谢云亭和云真道人已经死去了，而谢家人都被抓进了牢里。她不肯到大理寺来见我的原因大概是跟随谢云亭的几个仆人都在大理寺养伤，去那里有被认出来的可能！"

"秋月和云真道人合起伙来欺骗了谢云亭。所谓的情深不渝，黯然离开，投水自尽，竟然全部都是有计划的，真是可怕的女人！"李忠卿慢慢地将顺自己的思路，"而秋月的琴曲歌赋都是在梨园学成的，如果孙主簿来到梨园是为了和她见面，那么现在的问题是：孙主簿、云真道人，还有那群粟特人和她是不是都是一伙儿的。"

"好问题！"史无名摸着自己的下巴，那是他在思考时的姿态，最后他终于开口说，"我觉得目前至少有两股势力：第一股势力是那群粟特人，云真道人和他们有所勾结，而秋月和云真道人又有所合作，秋月也承认自己认识那些粟特人，并对他们的所作所为不齿。第二股势力是孙主簿，但是秋月和孙主簿又似乎有关联，虽然秋月否定这一点，但是我不太相信，所以秋月是一个很关键的连接点。"

"我同意你说的。"李忠卿点点头，"那些粟特人闯入我们的视线，是因为假冒朱彤的秋月前来告密，说粟特人涉及长安城中一直以来的人口失踪案。而在我们查证之下，确实如此，所以才摧毁了这个贩卖人口的集团。只是这倒让我看不明白了，秋月搞这一出仅仅是因为看粟特人贩卖人口不顺眼吗？"

"你说的没有错，忠卿。"史无名点点头，"而且还有一个问题，就是这些粟特人竟然可以使用鬼门寮，而我们都知道鬼门寮的来历绝不简单！"

"等等，你该不会在怀疑那些粟特人和……有关系吧？"李忠卿愕然，他用手指了指上面，"你不会真的是这个意思吧？"

"这世上，没有什么是不可能的！"

"那些粟特人明明都是安禄山的拥护者！上面为什么会和他们有牵扯？"

"就连夫妻之间都做不到忠贞不渝，何况只是各取利益的合作者呢！也许上面的那位终于厌倦了他们，所以把他们当作了弃子呢？"史无名淡淡地回答。

就在这个时候，苏雪楼急匆匆地跑进来："我调查到了很有意思的事情！"

四十四

看他满头是汗，史无名便倒了杯茶给他，苏雪楼接过那茶水却没有喝，他正急着要把自己调查的结果说出来！

"在舒王病逝之前，谢明德正想买一块土地建自己的别院。本来呢，官员手中有一两个庄子或者是别院倒也没什么稀奇，但是这块土地却有些争议。"

"让我猜猜。"史无名眯起了眼睛，"应该就是现在舒王陵墓所在的那块土地吧！"

"贤弟果然机敏。"苏雪楼点点头，"但是舒王似乎也早就派人询问过那个地方，结果……"

"谢明德退却了。"史无名了然地说。

"是啊，即使他再仗着陛下对他的信任，也不敢明晃晃地跟一个王爷对上，虽然两者互相之间确实有过拉锯，只是在这件事不久之后，舒王就突然去世了。"说到这里苏雪楼突然打了个冷战，声音也不自觉地低了下去，"这舒王殿下的暴毙不会和谢明德与他争地这件事有什么瓜葛吧？"

"如果我是你，我就要再多想一点，比如说那块地方到底好在哪里，让舒王和谢明德都看中了！也许还不仅仅是这两个人，还有那些粟特人，又或者是孙主簿和云真道人，他们为什么都对那片土地情有独钟？"

苏雪楼用那种毛骨悚然的眼神望着史无名。

史无名有些沧桑地叹了口气，一口气灌下了那杯茶水，然后站起身走了出去。

"你去做什么？"

"去研究研究那里到底是什么风水宝地，我需要看从云真道人和孙主簿家里查出的地图。"

"无名，怕是你拿不到这些东西了。"苏雪楼苦笑着说。

"为什么？"

"昨天刑部过来，把所有的东西都带走了！"

"这是我们大理寺的案子，和刑部有什么关系？"李忠卿忍不住问，"为什么他们一而再，再而三地插手？"

"我能有什么办法？我当然知道刑部有些蠢货实在是不堪大用，可是他们带着皇上的手谕啊！"

"是皇上把这案子转给了刑部？"史无名一挑眉。

"对，说是让我们避嫌。林大人也很生气，但是我们毫无办法，毕竟大理寺刚出过孙主簿的娄子。"

史无名叹了口气："那我也只好去找从前的地图看一看了，我曾经把那些东西看过一遍，多少还有印象，可惜还是不全面，不知道能记下来多少。"

"你先别急。"苏雪楼拉住了他，朝四下望了一眼，低声对史无名说，"因为出了孙主簿的事情，我对大理寺的人也不太信任，而且上面对我们的态度也有些奇怪。所以这些东西我都私下让人描绘的描绘，抄录的抄录，又重新制备了一份。而且从云真道人那里搜来的石敢当和地图我并未上报，还留在大理寺。"

史无名对他投了一个赞许的目光。

"苏兄果然深谋远虑！"

"你难得夸我一次还是为了这种事情，我也是被逼得没有办法了才出此下策。"苏雪楼哭笑不得地摆了摆手，"我去把东西拿给你，千万不要走漏消息！"

"这是当然，其中的厉害我自然明白。"史无名点点头，"我还需要一些秦汉时期的地图。孙主簿和云真道人都在找东西，而且是前朝的东西。所以我也打算研究看看，到底是什么东西那么吸引人！"

"可是我觉得你心里似乎已经有了答案。"苏雪楼已有所指地说。

"即便是有了答案，也是需要证实的，不是吗？"

于是史无名去各处翻了相关的史料和地方志，搞得自己两眼鲦鲦，挂着一轮硕大的黑眼圈，如同一只竹熊，身边的书案上到处是他记录下来的笔记还有一些随意摊开的地图。李忠卿觉得他这状态有些疯魔，当年科考的时候也不至于如此，不由得心中对苏雪楼腹诽了很久，若不是不知道大理寺中的人谁可靠，哪里用得到史无名如此劳心劳神！

史无名见了他却很高兴，当然这种高兴更多来自他手上的吃的，因为史无名一下子就把整个盘子夺了过去。

"忠卿，你来看这段史料，王莽曾经派人挖掘过龙首山，但是并没有说所为何事，有人说他是为了修建自己的陵墓，也有人说他是为了修建九庙进行选址。后面的那个说法显然支持者更多些。据《汉书·王莽传》记载，地皇元年，王莽拆除长安城西苑中的建章宫等十余所宫殿用来修建九庙，而传闻这九庙'穷极百工之巧……功费数百巨万，卒徒死者万数'，实在是劳民伤财。而王莽所建立的新朝只存活了十几年，虽然他本人也号称要廉洁奉公，做出了种种兴革之态，但是实际上并非如此，他借币制改革聚敛了大量钱财。后来起义军造反，他们掘了城外王莽妻子父祖的陵墓，并将在当时长安城南的九庙、明堂、辟雍等礼制建筑付之一炬。最后王莽被杀，头颅被历代皇室所收藏，直到晋惠帝的时候，洛阳武库遭遇大火，头颅才被焚毁。当然，这是正史上记载的东西，我在野史上查到了点儿更有意思的东西。"

"什么东西？"

"后来，光武帝刘秀登上了宝座，他派人盘查内库，却发现王莽的内库所剩无几，大批的金银财宝都已经不见了。光武帝派人审问旧时的宫人，宫人们招认，王莽在出逃之前，曾经秘密地派人将内库搬空，私下藏了起来，这是一笔极大的财富，其中有许多奇珍异宝，是王莽多年搜刮来的东西，光武帝下了很大人力物力派人去寻找，但是最后都没有结果。"

"王莽为了给自己修建九庙，曾经动用了无数术士为自己勘测风水，足迹踏遍了长安内外。而在这地图上，这些地方都被孙主簿标注过了。无独有偶，云真道人手上的地图和孙主簿的虽然是不同人绘制的，但是都在这个地方有着重点标注。"史无名指了指书案上的地图给李忠卿看，那里正是舒王陵墓选址的所在。

"王莽的九庙、明堂、辟雍实际上和我们发现王莽别院的那个地方相距不远。"李忠卿沉思了一下说，"其实你一直都在怀疑那个地方。"

"是的，那个地方应该就是在当时秘密修建起来的王莽的藏宝库！"

"怪不得那么多人都对它感兴趣！"

"是啊！"史无名长长地叹了一口气。

四十五

纵然史无名对风水有那么一点点研究，但是毕竟还是门外汉。术业有专攻，所以他还是请了张老爷子来帮忙。

当张老爷子看到了舒王陵的时候，不禁愣了一愣，他看了看四周，摸了摸胡子："实不相瞒，这块地方从前有人家请我看过。"

"有人请你看过？"

"是，大概也算是两年前的事情了。不过我并不知道东家是谁，来人把身份藏得很严实，过程也颇为神秘，小老儿是被蒙着眼睛带到这里的，那一次给的酬劳倒是很丰厚。这地方风水极好，身在龙首山中，形成群山和远山环抱着穴位的格局，我们这一行管这种情况叫'四神相应'，也就是说此处是起造阴宅和阳宅的最佳布局。"

"四神相应？"史无名越来越觉得事情如自己所想。

"是的，而且小老儿能看得出，这人并不是只找过我一人，他之前应该还找别人看过。当然，这也不难解释，如果真的要在这里造个什么建筑，当然要慎之又慎，大富大贵的人家讲究都多。"

"老爷子怎么判断出请你的是大富大贵的人家？"史无名饶有兴趣地问。

"我见的人多了，根据来人的言行举止自然就能判断出一二，而且这是龙首山，本来就是龙脉啊，能在这附近打主意的人肯定不是一般的人物吧！"

听他说这话，史无名突然想到了什么，心里咯噔了一下，但是他面上并没有显现出来。

"自古流传的风水学说中，举凡起伏连绵不断的山脉，皆为龙脉。北魏郦道元《水经注》里记载，秦时有条黑龙从南山来到渭河饮水，其经过的地方形成一条土山，形状如龙，如今的龙首原就是由这条龙所变，并由此得名，龙首山为传说中的黑龙之首，而龙喉之下有一处逆鳞，人一旦触动它的倒鳞，一定会被它伤害，但是此处也是龙身上唯一的一处致命之处，也是能进入龙身之处。"

"此处就是推算出的逆鳞的地方？"李忠卿狐疑地问。

"是的，应该就是，大人若不信，小老儿也可以重新为大人们推演。"张老爷子急忙回答。

"老爷子不必了。"

他看着眼前茫茫大山，眉头紧锁。

"你不打算带他去那个地下……"

"不，那些东西并不适合让他知道。"史无名摇了摇头，"想想看，有多大的巧合在舒王的陵寝所在的后山有一座拜火教的神庙，而且是在王莽曾经行宫的地下入口。"

随后史无名让人把张老爷子送回去，便一直沉默不语。

"你在想什么？"李忠卿先前就看出了他的不对劲，只是忍到这时候才问了出来。

"龙脉！"

"什么意思？"

"张老爷子说这里是龙脉，我便有了个可怕的想法。"史无名怔怔地回答，"而龙首原也是汉代长安城与唐代长安城的交界之处。"史无名摊开了地图指给李忠卿看，"所以大家都说，真龙天子独占龙首原。我曾在野史上看到，王莽本身是不得道的恶蟒，却能建立新朝，当上了天子，是因为他曾经让高人查出了龙脉的走向。他欲篡夺汉室江山，便听信人言要散了汉室的龙气，而他的手法便是铲断龙脉！"

"这个说法……可真是。"李忠卿第一次听到这个说法，不由得愣了一愣，"你怀疑那个别院是……当年王莽为了铲断龙脉所建的？"

史无名点了点头。

"我猜想，当年王莽想要挖断汉室的龙脉，以保证自己的统治千秋万世。所以地下的密道非常宽敞，你记得吗？那里甚至可以走车，为的就是挖掘泥土所用。可是我觉得后来他在某个时间点又换了想法，他也许希望把自己埋在这里。"

"为什么？"

"如张老爷子所说，这也是个做陵墓的好地方，能庇荫后人，王莽当然想让王家的统治千秋万代。而后来他面临兵败，又把自己收藏的金银财宝藏在这里，梦想着有一天卷土重来，可惜一切还没有完成的时候，起义军就已经把他杀死了。"

"这只是你的猜想，能找到确实的证据吗？"

史无名撇了撇嘴。

"我无论如何也没想到，真正的关键竟然是在云真道人这个江湖骗子身上！"

史无名摊开了从云真道人那里搜来的地图。

"匹夫无罪，怀璧其罪。我怕这云真道人真正的死亡原因就是他有了那两个小石敢当和这幅地图。多亏苏雪楼留了个心眼，没有把发现这东西的事情上报，也不知道大理寺中是不是还有孙主簿这样的人……"

"什么意思？"

史无名冷笑了一下。

"你们不觉得这王军医的情况和孙主簿很像吗？每个人都对他们所知甚少，他们看似和我们情况无异，但是实际上并没有人真正了解他们。"

"你的意思是什么？"

"我有一个很疯狂的想法。"

"你知道我现在一听到你说很疯狂的想法，我就很害怕，水栅的事情就是你疯狂的想法，但是它却变成真的了！"苏雪楼心有戚戚地说。

刚刚被赋予乌鸦嘴之名的史无名觉得非常无语——好像自己不说事情就不会发生似的。

"苏兄，既然你交游广阔，劳烦你再去打听下另外一件事情，最近有没有新入宫的太医，去年的也算，四十岁左右，不过这个人应该算是一个透明人，他并不经常出诊请脉，也不经常露于人前，但他是大家都不敢得罪的那种人。"

四十五

229

"这是为何？"苏雪楼不明所以。

"还是我疯狂的想法。"史无名翻了个白眼给苏雪楼。

苏雪楼也不敢再问，急匆匆地离开了。

四十六

史无名再次见到苏雪楼的时候，苏雪楼看起来很兴奋，而这种兴奋中也带着隐隐的不安，而跟在他身边的宫南河，也是罕见的一言不发。

"宫中真的有一位太医是去年入宫的——也多亏了南河的门路给打听了出来，此人姓郑，年纪和你说的相仿，这个人好像只是在太医院挂个名号领着俸禄，并不经常出现。太医院中虽然有人有怨言，但是这种声音都被人压下去了，有人怀疑这个郑太医后面有很大的靠山，而且太医院的院正对他都是睁一只眼闭一只眼，大家只能把话藏在肚子里。怎么，这太医有问题？"

"昔日给舒王问诊的太医好像是太医院的院正？"史无名没有回答他的问题，而是问了另外一个问题。

"正是，先帝和今上为了表示对舒王的敬重，给他问诊自然是派出最好的太医。"

史无名冷笑了一下。

"一位神龙见首不见尾的太医，他为什么不现于人前？我想应该是害怕有人把他认出来吧！毕竟舒王府的人属于皇亲国戚，经常会到宫中走动，也许哪个当下就把他认了出来。"

"你该不会是说这位郑太医就是王军医？"苏雪楼笑问了一句。

"既然来投告的儿子都是假的，为什么父亲不能是假的？"

所有的人都愣住了，苏雪楼一双狐狸眼瞪得很大。

"你的意思该不会是说……"

史无名压低了声音："王军医、王俊、孙主簿这三个人的身份应该是一样的。他们背后所代表的势力我曾经怀疑要么属于当今圣上要么属于舒王府。"

听到这个推断，苏雪楼吸了一口冷气。

"但是从嗣舒王的表现来看，他不像是认识孙主簿的样子，而且孙主簿日常和舒王府并无交集，所以我认为他们很可能是今上的眼线。"

"孙主簿是今上安插在我们中间的眼线？"苏雪楼问出这

句话的时候，觉得后背都是冷汗。

"督查百官的言行也并不仅仅是御史台的责任，上面的人更想知道百官的一言一行，并不仅仅是大理寺。我想大概在每个办公的机构里，都会有像孙主簿这样的一个人，他们并不惹人注意，但默默地观察府衙中的每个举动。若无大事，这些人并不会向上峰禀报。当然，这就是上面御下的一种手段罢了，说白了，这些人就是探子而已。一个棋子什么时候动用什么时候收回，都是看博弈者如何决定。孙主簿这个棋子也许一生都不会被动用，但是他却被动用了，原因大概就是王俊的出现，把王俊提供的假证据都毁掉就是孙主簿的任务，当他完成使命的时候，他这颗棋子就被回收了。除了当今陛下，我想不出还有谁拥有这么大的能力，让一个宅邸查无来由，能够把我们的案子转给刑部，历代的皇帝都有自己的眼线，当今陛下为什么不能有？

"而据我猜测，王军医应该就是当今陛下安插在舒王身边的眼线，舒王既然已经死了，那么安插的棋子也应该收回了。最后为舒王殿下确诊的是太医院的院正，无论他做了什么手脚，都可以被掩盖过去。"

"你是说，舒王真的是被……"

史无名做了个噤声的表示，示意李忠卿不要说出来。

"至于我为什么对秋月咄咄逼人，那是因为我担心最后秋月到不了我们手中，我怀疑她的身份也和他们一样。"

"什么？她也是密探？"

史无名有些沉重地点了点头。

"大家都知道，青楼楚馆、舞榭歌台往往是安插探子的最好地点，这些歌姬、舞姬除了出入各种达官贵人之家，接触的还有三教九流之人，男人们在美酒佳人面前，往往会放松警惕，该说的和不该说的话往往都会吐出来。而我们身边很多的这样的女子都是从梨园被调教出来的，如果她们其中的某些人身怀着不一样的使命呢？"

史无名这样平铺直叙的描述，却让所有的人背后都冒出了冷汗，顿时觉得好像四处都有耳目。

"怪不得你要把她和公孙大娘相比。"

"是啊！"史无名点点头，"她也算得上是女中豪杰，可惜做的并不是能见光的事情。"

"至于那些粟特人，我觉得也并不单纯，他们如此明目张胆，应该是因为有所依仗。"苏雪楼眯了眯眼睛。

"这一点我和忠卿私下讨论过。"史无名回答，"而且苏兄你有一句话说得很对，他们的确是有所依仗。"史无名把目光投向了坐在一旁一直没有说话的宫南河。

"金吾卫掌握所有宫门的钥匙，也是京师治安的维护者，同时也是各种情报的接受者。宫贤弟，是不是这样？"

以宫南河的官职和所管辖的职责，现在还没有办法接触到那些情报机密，但是金吾卫所掌管的东西，他还是知道的，于是他默默地点了点头。

"其实，无论是鬼门寮的存在，还是务本坊里销赃的鬼市的存在，某种意义上都是被默许的。"

"嘿，怎么可能?!"苏雪楼嚷了一句。

"因为它们存在了这么多年，金吾卫却对其视而不见。"史无名摊了摊手，他随后用手指了指上面，"上面厌恶这些粟特人的存在，但是毫无疑问的是，正是这些粟特人，给国家带来了庞大的财富，所以上面又不得不容忍他们。而这种容忍很大一部分原因在于钱财，朝廷经过那场大的战乱实际上已经伤筋动骨，有时候也显得捉襟见肘。钱财这东西本就是多多益善，即使对于皇帝来说也一样。"

史无名继续道："因为那场战乱，粟特人有把柄落入皇室的手中，他们信奉的人是安禄山，但是骨子里生性追逐利益的本能又使他们对安禄山并不那么忠诚。安禄山死后，朝廷也不是没有去剿灭他的党羽，这些粟特人当时在长安可谓是在小心翼翼地讨生活，但是如今距离那场变乱过了多年，而这些粟特人又渐渐地活跃了起来。这就是所谓的好了伤疤忘了疼，当然这种局面也和上面的纵容有关。"

"你是说……粟特人和上面达成了某种协议，然后上面借用他们的手段填补内库?"

"别的尚且不说,单说鬼门寮中鬼市的这一项买卖。能入鬼门寮鬼市的人,多是世家子或是有钱人,战乱中穷的是百姓,入不敷出的是朝廷,而真正的钱财却还掌握在那些世家富人手中,这些人不可能把钱财拿出来给朝廷,但是他们却愿意为自己花钱,有很多人愿意为了一个看起来神秘的噱头一掷千金。其中也有许多的皇家之物,焉知不是上面偷偷放出来的。"

"上面把内库中的东西放出来换取金银,因为皇帝不能明目张胆地做买卖?"宫南河毕竟年轻,他觉得不可置信。

"战乱刚刚结束,百废待兴,当时可不就是那种入不敷出的情况吗?!"苏雪楼叹了口气,"纵然我们都没有生活在那个时候,也多少都听家里长辈说过。"

"从前往外放那些东西,大概多数都是利用罗家的粪车私运出来,因为粪桶里都是秽物,所以检查的人大多不会那么认真——上面大概也给通了气,而且罗家来往多年,从未出过差错,但是实际上差错就出在这里。我觉得罗兴应该是不知道这件事情的,毕竟上面大概也觉得这种事情知道的人越少越好。我们查出他非常宠信那个粟特人小妾,而这女人却是朱青云母亲的忠实信徒,而且罗兴家里在没有这个小妾之前也还是有其他粟特人的。"

"特意安插在他家里的？"

"是的。需要注意的是朱青云的母亲恰恰就是生活在那个战乱年代的人之一。"

"所以是朱青云的母亲和上面有所联系，然后安排了合适的人手，但是皇宫水栅的事情是怎么回事？我觉得上面的反应可不像是知道这件事，反而有种被吓了一大跳的感觉。"

"当然是不知道，因为两方面都是在彼此利用，所以他们之间会彼此背叛也不奇怪。刚开始上面只是为了金银填补内库，上面的人高高在上，理所当然地觉得自己给了别人恩惠，别人就应该永远是自己的奴仆并且忠于自己。但是咬人的狗不露齿，粟特人慢慢有了自己的心思，然后有了更多的小动作。比如说皇宫水栅这条路的使用，我们现在不能确定粟特人是否在其中插了一脚，又或者舒王府是不是在其中插了一脚。我们可能永远也无法知道真相，但我知道，这条路如果没被发现，到了最后不知道会不会又引起一场宫变。"

在场的人都打了个冷战。

"史贤弟，这种话不能随便说，一个不小心可能又是血流成河！"苏雪楼低声说。

"是啊！这个案子到了最后，因为上面想要掩盖自己的布局和私下的动作，所以很多关键性的东西都不在我们大理寺手中了。"史无名疲惫地摇了摇头。

"如果粟特人手中有笑忘生，如果当年舒王真的是被这种毒药害死，粟特人和今上……如今又出了王俊这件事，今上这是想要对舒王府斩草除根啊！怪不得现任的嗣舒王坐不住了。"苏雪楼声音微微发抖，最后无法再说下去了。

史无名无意再继续这个话题，便问了另外一个问题。

"说到王俊，苏兄，他和秋月如今可还在大理寺？"

苏雪楼的神情颇为尴尬："刚刚我便想说，他们昨夜便被刑部提走了。"

史无名露出一个果然如此的神情。

"王俊能出现在那个地下暗道的牢房里，这辅证了今上和粟特人之间是有关联的。王俊的出现是上面为了试探舒王府的底线，想引起现任嗣舒王与上面的矛盾，怀疑的种子一旦播下，终究有一天会长成参天大树，如果舒王府的人真的心怀怨恨了呢？会不会引出他们培养的暗中的势力又或者是舒王府的党羽？不管这个势力是真有还是假有，到了最后也许又是一场血腥的清洗。"

这一番话说得众人胆寒。

"所以我讨厌京师。"史无名叹了口气，他看起来非常疲惫，"这里的水实在是太深了！"

"如果秋月是张家的子孙，她为什么会变成上面的眼线？而且云真道人也是上面的人吗？"

"秋月为什么会成为如今的身份我不得而知，这大概是一个非常曲折的故事。"史无名叹了口气，"但云真道人应该不是，他的死应该是因为他知道的太多了！"

"因为他得到了石敢当？"

"是的。被满门抄斩的张大人对汉代的长安城布局颇有研究，而张大人被抄家后相关的资料都落到了谢明德的手中。至于孙主簿手中的书我怀疑也是当年在抄家的时候得到的，毕竟抄家这种事情，很多时候都有顺手牵羊的人，除了有名的字画孤本金银不提，一般的书籍并不会让人在意，所以被顺走也不奇怪……"

"为什么不是上面给他的，你不是说上面缺钱吗？"

"这件事我觉得有些奇怪。"史无名咬了咬嘴唇，"后来我想通了，上面恐怕并不知道有关于宝藏的事情。"

"为什么？"苏雪楼愣了，他一直以为是上面想要寻找宝藏。

"如果上面知道了，怎么能同意把舒王葬在那里？这件事我怀疑真正的知情者大概只有云真道人和孙主簿两个人，粟特人也应该知道一点点，毕竟王莽别院下的地道就是他们在使用，但是他们肯定没有这两个人知道的情况多！云真道人会看山川地理，定然也能知道那是个风水佳地，而且他很可能是和张老爷子一样被人拉到那里看过风水，所以就留心了，再后来他和粟特人搅在了一起，也开始利用起了鬼门寮，那么他肯定到过山中的王莽别院，应该就是从那个时候起，他发觉那里与众不同，随后他才展开调查，所以他让谢云亭付出的报酬之一就是家中原来属于张大人的藏书。

"昔年的张大人的研究方向之一就是山川地理志，其中就包括长安地区，毕竟长安城当过很多朝代的国都，尤其是汉代，那是极为鼎盛的时期，而张大人在汉代长安的研究上已经取得了一定的成就，甚至撰写了相关的书籍。而张家被查抄之后，他用来研究的这些东西就落到了谢明德手中，可惜谢明德只在钩心斗角上有所成就，并没有继续这些研究的能力。

"而这些书到了谢家并没有被认真对待，谢明德本就不是什么醉心学问的人，他当初要这些书也不过是为了装点门面，留给子孙后代罢了。抄谢明德家的时候我们也看到了，只有值钱的孤本和善本他放在自己的书房里，其余的就放在家中的藏书阁，谢家的子孙都可以随意取阅，其中有没有流失，大概他完全不知道，所以谢云亭想要从里面取出书给云真道人简直太容易了。

"从孙主簿书房里搜出的书中可以看出他很早就在研究宝藏这件事——虽然这只是个野史，但是他对里面的故事极为相信，而他大概无意中搞到了在当年抄家时候张家遗失的书籍，张大人的研究吸引了他，所以他费尽心思地想要弄到张大人的研究资料，而当他研究如何从谢家弄出书来的时候，他发现了云真道人和谢云亭的来往，还发现了云真道人竟然和他一样在寻找宝藏的下落。"

"云真道人本来脑子就很聪明，再加上从谢家搞到的书，他已经研究出了很多东西，至少比孙主簿要多得多。"史无名摊了摊手，"所以他死了，在鬼门寮里带走他和谢云亭，最后杀死他们的，就是孙主簿。谢云亭是个痴儿，并无价值，应该是在鬼门寮中就被杀死，孙主簿用了在粟特人手中得到的毒药，这种药检验不出来，他觉得完全不必担心被发现。被弃尸后，谢云亭的尸体就顺着暗流到了困龙井。而云真道人则是被审问过，最后也被杀死弃在水中，但是尸体却漂到了别处被人发现，这完全是因为水流方向的原因。当然，后来在道观袭击我们的应该是孙主簿的人。"

"我记得你套过他侍妾的话，谢云亭死去的那晚孙主簿说在大理寺当值并不在家，但是实际上他也不在大理寺。"李忠卿补充说。

"是的。真正的朱小姐应该也在他手中，孙主簿应该是秋月的上级，他控制朱彤就是为了让朱青云反水咬粟特人一口。因为他已经发现了粟特人的不轨，而且粟特人还开始私结朝臣，比如说谢明德，不过谢明德也不过是拿钱帮他们办事——比如说买地或者说建议舒王陪葬而已，结果谢明德却因为在朝堂上提出将舒王陪葬崇陵一事为今上所不喜，反而促使今上同意将舒王埋葬在如今这块地方。谢明德一向善于揣摩上意，为什么会突然有这样的表现？显然是有什么东西让他极为心动，甚至让他可以冒险去做这种事。"

"财富，而且是一大笔财富，比如说王莽的宝藏？"苏雪楼了然地说。

史无名挑了挑眉毛："这显然是最合理的解释了。有人许诺给他一大笔财富，这笔财富甚至让他觉得可以去算计一下今上。结果没承想，一下子把自己搭了进去！"

"我还有一个问题，如果山中确实有宝藏，舒王府知不知道？"宫南河迟疑地问，"舒王府为什么会选择这样一个地方埋葬舒王？工程一直没有进展，而王府也没有过多地提出异议，你们没有觉得这是王府希望韬光养晦，不惹皇上的注意，然后想要慢慢挖掘山中的宝藏？"

"这个问题我不能回答你，也许知道也许不知道，但是我却知道如果这件事暴露出来，舒王府应该是第一个受到上面怀疑的，现在的舒王府真的有那么大的能力和上面对抗吗？"

所有的人都不再作声。

"诸位，今日之事，你们都知道非同小可。所以……"史无名决定结束这个可怕的话题。

"出你之口，入我之耳，就此终结。"

所有的人都叹了口气，一起做了个封口的手势。

"所有的一切，应该就在那座汉代的别院的下面，要解开最后的谜题我们必须再去一次那里！"

四十八

再次来到这个秘道之中，史无名、李忠卿颇为感慨。而苏雪楼和宫南河倒是第一次进来，明显很好奇，他们左顾右盼，时不时发出惊叹之声。

实际上在他们来之前，兵士们已经彻底检查了这个地下通道，甚至已经发现了其余的地下入口，其中的一个就和乱葬岗很近，而此行最大的收获是发现了一个地下殿堂。

沿着离关押王俊牢房不远处的那个通道慢慢地往前走，周围阴森森的，在火把的照耀下，四周的光线呈现一种模糊的交错，四下里还有不久前挖掘过的痕迹，随后道路明显往下，最后大家停留在一个较大的空间内。

这就是发现的那个殿堂，四处都能发现被挖掘的痕迹，最后所有的工作都停止在一块巨大的石壁前，它的周围是山体，前面有四根石柱，四个石柱并不高，每个石柱的顶端有一个凹槽，而不同的石柱上雕刻着不同的花纹，而整个石壁上面什么也没有，它就像是一扇巨大的门挡在所有人的面前。

"这看起来像是断龙石？"苏雪楼有些疑惑地问。

"如果这是一个坟墓的话那应该就是。"宫南河上前摸了摸那块石壁，"这四根石柱，分别属于四方，柱子上各有各的花纹，而且石柱的顶部各有一个凹槽，显然是用来放置什么东西的。"

"放置的应该是那几个石敢当！"史无名立刻回答，"这里的布置是取天地之意，东方青龙、南方朱雀、西方白虎、北方玄武，以镇四方！而东木青龙、南火朱雀、西金白虎、北水玄武，这些柱子上的花纹分别对应金木水火！"

"这里真的有可能是王莽的坟墓？"

"花纹雕刻是汉代的制式，还有他尊崇的四神，我猜应该是吧！假如他真的在兵败出逃的时候把自己的财宝藏在了这里，这断龙石大概就是为了守住宝藏。但是一般断龙石的作用是让人无法打开坟墓，可是王莽必然想有朝一日拿回宝藏，所以这个石门一定是可以从外面开启的，我认为钥匙应该就是那四个石敢当！"史无名用手比画了一下，他看起来很兴奋，眼睛闪闪发亮，"所以我们终于明白云真道人和孙主簿的人为什么会这么想要这些石敢当了！只不过我们手中只有两个，另外两个应该在孙主簿那里！"

此刻角落里突然发出一声细微的声响。

"什么人？"李忠卿猛然把史无名往身后一拉。

他这一拉，恰好救了史无名。

一根长箭正正好好地落在史无名刚刚站立的地方。

众人都是心惊，这秘道之中显然还有他人，甚至来得要早于他们，刚刚在那小庙前执勤的兵士，大概早就换成了他的人！宫南河和李忠卿立刻拔出了兵器。可惜他们为了秘密地调查，并没有携带下属，眼前的情况明显对他们不利：对方显然带了很多人，而且个个显然是好手，他们把史无名一行人包围起来，威胁之意十足。

"你们是什么人?!"宫南河怒喝。

"是孙主簿。"史无名很沉静地说，"那个最希望得到石敢当的人。"

对方的主事者显然没有想到史无名一上来就喊出了他的身份，他似乎一开始就想隐藏在众人身后，这个时候他不得不走了出来，正是孙主簿。

"我没有想到这么快就要和诸位见面。"他似乎依然拙于言辞，但是眉眼中的精气神却不同于从前在大理寺时候看到的那个唯唯诺诺的老实人，原来的木讷都变成了精明，他随意地朝几个人拱了拱手，敷衍之意溢于言表。

"孙府明，你果然没有死!"苏雪楼一想起大理寺证物房被烧的惨状，就怒从心起，简直想上去踢他两脚。

可惜孙主簿根本不理睬苏雪楼的愤怒。

"我知道你们会来，你们的一举一动都在我们的掌握中，如果你们不来，我也会想办法把那两个石敢当弄到手的，知情识趣的，现在就把它们交出来!"

四个人对视了一下，纵然李忠卿和宫南河看起来有一搏之力，但是对方显然人更多。

好汉不吃眼前亏，史无名暗暗思忖，在身后把李忠卿和宫南河外袍拉了一拉，随后他走上前来。

245

"孙主簿，好歹我们共事这么久，也算是熟人，不如我们做个交易，你有两个石敢当，我们也有两个，既然要打开这扇门，继续僵持也没什么意思，我们不妨先合作一下。"

"合作？为什么，我完全可以杀了你们，然后同样可以得到石敢当。"孙主簿冷哼了一声。

"杀死朝廷命官，你确定要这样做？"史无名也跟着冷笑了一声，"即使你身后的依仗再大，也不能随意杀死朝廷命官，更不要提这里还有两个世家子弟。又或者你决定不再理会自己身后的人，想要自己得到所有的好处，但是你确定你能全身而退？事已至此，阁下不妨来试试。不过说实话，我们只是对于这里面到底有什么非常感兴趣，却并不想分一杯羹。"

这一番话说得软硬兼施，而对方似乎也在思量，显然也有自己的顾虑。

"不想分一杯羹？我觉得你们并不是什么正人君子，更像是道貌岸然之辈，皆是些蒙祖荫得到官职作威作福的世家子弟！"对方显然对世家有着很大的意见。

苏雪楼听闻此言都想骂娘了，但是史无名制止住了他。

"我们对里面的宝藏并不感兴趣，你信也好，不信也罢。但是如果你一意孤行，我们定然会拼死一战，而且绝对会在命殒之前，毁掉我们手里的这两个石敢当！孙主簿若是不信，不妨试试！"

"你敢?!"

"我为什么不敢？倒是孙主簿谋划这么久，甚至不惜背叛主子，真的要得到这样一个结果吗?"

"……"

"既然僵持下去也不会解决，我们不妨各退一步。"

"好吧，只能你一个人过来！我们同时把石敢当放上去。"思忖了一会儿，孙主簿终于表示同意。

两个人都走上前来，小心翼翼地把自己手中的石敢当放到了相应的神柱上，当石敢当的底座与神柱契合后，然后将它们各自的面部朝向中央的时候，在场的所有人都听到了一声沉重的声响。

半晌后，那扇石门缓缓移动开了，随之落下的是无数灰尘和碎石。

门打开后，首先入眼的就是两边堆积的黄杨木。

"黄肠题凑用的杨木，看来此处果然是想要作为坟墓来使用，只是没有完工。"史无名点了点头，"东西应该在这些杨木后面！"

其余的人可没有史无名一样的心情去观察这个，他们更急切地想知道在这堆黄杨木后面到底有些什么。

四十九

无数的铜钱堆在那里，就像是小山一样，大部分都已经长满了锈，看起来就像一堆堆黑黢黢的泥土。

但是显然这些东西并没有什么价值。

无论它们的数目有多么庞大，但是如今都没有办法拿来用了，因为那是属于汉代的五铢钱和新朝王莽改革后的钱币。

以孙主簿为首的人急切地翻找，他们显然是希望找到更值钱的东西。

可惜让他们失望的是，这里除了这些无用的钱币外，并没有别的。

"为……为什么只有这些？"孙主簿有些失态地大喊。

他已经指挥手下的人去扒开那些钱币，想看看它们的底下有没有东西，但是即使找到一些金银，也是极少的一部分，简直是微不足道的数量。

"不可能！这不可能！"孙主簿疯狂地喊着。

"这里都是王莽铸造的钱币？"宫南河捡起一枚脚下的钱币看了看。他们几个趁对方所有的注意力都在寻宝的时候悄悄往后退去。

"是啊，王莽多次改制币制，民间流通多为六泉十布。而且他更改币制，每次都是以小换大，以轻换重，钱越改越小，价却越做越大，无形之中把老百姓手中的财富搜刮光了，这无疑让老百姓怨声载道……"

"这不可能！所有的财富都应该在他手里，金银绝对不会被焚毁！金银是不可能被烧毁的！它们都在哪里？！"墓室里的孙主簿在昏暗的灯光下看起来面部扭曲，有些疯狂，他一面喊一面在那堆腐烂的钱币里挖刨着。

"我觉得他要疯了！"苏雪楼轻声说。

"期望越高，失望就越大。这里怕不是第一次被开启。"史无名也低声回答道，这个时候，他们几个人已经来到了门前，李忠卿和宫南河已经利落地解决了那两个守门的人。史无名和苏雪楼则朝着那四个石敢当扑去，史无名觉得只要把它们拿开，门就应该再次关闭了。

"我们之前还有人来过？"苏雪楼一边跑一边问。

"也许那里本就没有宝藏。如果有，宝藏被拿走也应该是很久很久以前的事情了！想想这四个石敢当，到底是谁把它们分散四方的？"

"不是传说是袁天罡还是李淳风加持过的吗?"

"对啊,也许就是他们,别忘记了,这两位可都是风水大家!"

这时墓穴中的人已经发现不对,也从墓穴中追了出来,打算拿住他们四人。

史无名和苏雪楼已经到了石柱之前,从石柱上取下了石敢当,可是令他们意外的是,石门竟然一动不动,史无名当时就有些蒙。

"那么多年的东西,怕是早就坏了,能打开就不错了,还能等它自己关上?"李忠卿随即一推史无名,让他和苏雪楼按照原路往外跑去。他和宫南河飞快地和最快追上的人过了几招,然后把那人一脚踢飞,那人正撞在了石柱上,其中一根石柱应声而倒,阻挡了其余追来的人的脚步,两人也飞步离开。

而与此同时,大地震动起来,泥土石块从他们的头顶接二连三地落下来。

"坍塌了,这里要塌了!"宫南河惊呼,"是不是我们弄倒了石柱的关系?"

"谁有心情管这些? 还不快跑!"李忠卿一推他,步伐更快了。

在他们身后,大块的泥土和石头哗啦啦地落下,整个大地都发出震动声，在他们逃出地道后，整个地面就都陷了下去。

"不管这里曾经有过什么，都已经消失了！"史无名坐在地上，神情恍惚地望着这一切，刚刚的生死逃亡似乎把他所有的力气都耗尽了。

苏雪楼晃晃悠悠地走到他身边，拍了拍他的肩膀。

"简直就像做梦一样，孙主簿就这么陷在里面了？"

"人为财死，鸟为食亡，莫不如是。王莽的宝藏对于他来说一开始可能只是虚无缥缈的传说，但是这个传说在他面前一点点地变成现实，很难说他不会心动。毕竟作为一个密探，每日掩藏身份提心吊胆比不上实实在在的财富。没有人想永远活得不像自己，所有的一切都是假的，不敢真心实意地交朋友，不能拥有真正推心置腹的家人。龙投大海，虎奔高山，谁不向往自由自在的生活，谁愿意永远伪装成另外一个人活着呢？对于孙主簿来说，这也是一场豪赌，是成是败，不过都是一搏而已！"

"只是可惜，他输了。"苏雪楼不无感叹地说。

而且这个结果大概是最好的，如果抓住了他，我都不知道应该怎么应付皇帝！也不知道又会引出多少麻烦事情来——苏雪楼在心中暗道，但是他这种庆幸又不能说出来，只能拍了拍史无名的肩膀安慰了他一下。

四十九

251

"而我如今在意的是，他死了，朱彤的下落怎么办？我们还没有找到那可怜的姑娘！"史无名捶了一下地，感觉非常失败，他无法救出那个可怜的女人。

"如果今上的目的是弄垮朱青云的母亲的话，如今她应该已经伏诛，朱彤应该会被秘密地还给朱青云了吧！"苏雪楼轻声说。

"苏兄如何能肯定？"

"因为从朱青云母亲被抓后，他再也没有上大理寺要过女儿，而且听下面的人回报说，他现在非常惬意快乐。"

也许，朱彤是回家了，也许，她也被重新掌握家中大权过于兴奋的父亲放弃了。苏雪楼心中这么想着，但是看着重新燃起希望的史无名，他并没有这么说。

几个人出山的时候，看到的是晚霞将落的情景，霞光镶着天色，绯红的云层层叠叠。它们的余晖正笼罩在远方碧瓦金甍的大明宫上。那远方沉寂的重楼殿宇，高高的宫墙，在残阳夕照之下，看起来竟然如此凄凉。而他们的近前，则是舒王的陵墓，生者与死者的两处居所，遥遥相对。

"不管舒王府到底有没有借修陵的时候挖掘那块地方的心思，现在也完全不必担心了。"苏雪楼喃喃地说。

对此，史无名只是冷笑了一下。

没做皇帝之前，人人都想做皇帝。为了那个位置，人们彼此猜忌，相互陷害，使用的是阴谋阳谋，往来的是刀光剑影，留下的是鲜血枯骨，也无所谓亲情骨肉，只为了给自己谋求最大的利益。殊不知，一切冥冥之间皆有定数，世事岂能尽如人意，善恶到头终有报，只是人们从来都选择忘记而已。